# 宵月の惑い　～桃華異聞～

和泉　桂

幻冬舎ルチル文庫

CONTENTS ✦目次✦

宵月の惑い～桃華異聞～



✦カバーデザイン＝清水香苗（CoCo.Design）
✦ブックデザイン＝まるか工房

イラスト・佐々成美✦

# 宵月の惑い

陽都《ようと》六州随一《ずいいち》の遊廓《ゆうかく》・桃華郷《とうかきょう》。

街道を逸《そ》れた道を暫《しばら》く進み、桃華山《とうかざん》から流れる川にかけられた武門橋《ぶもんきょう》を渡ると、すぐに巨大な遊廓である桃華郷の壮麗な表門が見えてくる。朱塗りの大門には立派な屋根が載せられ、七色の旗が秋風にはためいていた。

扁額《へんがく》には『慾界之仙都《よくかいのせんと》　塵寰之楽境《じんかんのらっきょう》』と彫り込まれ、ここが色町であることを端的に示している。大門には、それぞれの大きさが幼子《おさなご》の身長ほどもあろうという、極彩色の四神《ししん》獣《じゅう》の彫刻が絡まっていた。

四神獣とは、東の青龍《せいりょう》、西の白虎《びゃっこ》、南の朱雀《すざく》、北の玄武《げんぶ》を指す。それぞれが天帝《てんてい》の命令に従って四つの方角を守護するといわれ、数多くいる神獣の中でも代表的なものだ。尤《もっと》も、神獣を見たことがある人は誰もいないから、これらは空想上の姿とされるのが通例だが、彼らがこの大陸・陽都を守ってくれていると人は信じているのだ。

その大門を抜けて少し離れたところに、瑞香楼《ずいこうろう》という妓院《ぎいん》――娼館《しょうかん》がある。雨彩夏《うさいか》がその裏口を訪れると、箒《ほうき》を手に掃除をしていた色子の志宝《しほう》は明るい顔になった。

「彩夏様、お久しぶりです」

「志宝、すまぬが瑛簫《えいしょう》を呼んでくれないか」

「はい、ただいま」

彩夏が頼んだのは、この店で売出し中の男妓《だんぎ》である、冬《とう》瑛簫を呼び出すことだった。

「彩夏様！」

すぐさま顔を見せた瑛籥は、髪を結い上げた彩夏を認めて唇を綻《ほころ》ばせる。それだけで端整な顔立ちが和《やわ》らぎ、三歳年下の青年の表情をもっと優しいものにした。

「宿にも寄らず、いらしてくださったのですか？　お会いできて嬉しいです」

確かに旅装束のままだった彩夏は凜然《りんぜん》と背筋を伸ばし、真っ向から瑛籥を見据えた。

「別れを言いにきた」

初めて出会ったときのように、彩夏の心は凍《い》てついている。それは自然と、彩夏の顔つきにも表れていた。心を許せぬ相手に彩夏はいつも冷然と振る舞ってきたが、あれほど愛《いと》しかった瑛籥にも同じ態度を取れることが、我ながら不思議だった。

「お別れ？」

「おまえとは、もう会わない」

唐突な彩夏の宣告に、瑛籥の表情が強張《こわば》る。

「彩夏様、それは……」

「これで終わりだ」

甦《よみがえ》りかける情を断ち切るように、彩夏は短く言った。

「お待ちください！」

「おまえは義兄《あに》の身代わりだと言っただろう？」

「私は……私は、身代わりでも構いません！」

普段は穏やかで物静かな瑛簫が、こうも感情を露《あらわ》にすることがあるとは思わなかった。

精いっぱい抗《あらが》わなければ、彼のぶつける情念の波に足を取られ、そのまま溺《おぼ》れそうになる。

自分の掌《てのひら》に爪を立て、彩夏はすんでのところで踏みとどまった。

「義兄のことは、もう忘れた」

彩夏が強張りそうになる口許《くちもと》に力を入れると、薄い唇は無様ながらも笑みを象《かたど》った。

「おまえのことも忘れる。それで痛み分けだ」

「納得ができません！」

「すべては終わったんだ」

瑛簫から目を逸《そ》らすことなく、彩夏はそう言う。

「義兄が商売に失敗して、莫大《ばくだい》な借金を負った。今の私には、こんなところで悠長に男を買う余裕はない」

「それなら、」

なおも縋《すが》ろうとする瑛簫の言葉を、彩夏は素《そ》っ気《け》なく遮《さえぎ》った。

「おまえの身上《みあが》りで登楼するなんて、そんなみっともない真似はできない。今日は仕事の途中で寄っただけだ」

娼妓《しょうぎ》が自分の情人のために花代を自分で負担し、褥《しとね》を共にすることを身上りというが、そんなことはできるわけがない。

目を逸らせば、逆にすべてを知られてしまう。

己の胸の内も、苦しみも、未練も、嘘《うそ》も——何もかも。

ゆえに、彼から目を逸らすつもりはなかった。この濁った瞳からは何も読み取れないだろう、そんな歪んだ自信があったからだ。

「それにもう、潮時だ。おまえも桃華郷の人間ならわかるだろう？」

「潮時とは何ですか？」

追い縋る瑛簫の声には、苛《いら》ぎが込められているようだ。

「金で買った者と買われた者の関係など、所詮《しょせん》長続きはしない」

「あなたに心を売ったつもりはありません」

ぴしゃりと瑛簫は言い切った。

「あなたという人が、私の心を動かしたのです。金では心までは動かせません」

「だが、私の心は金で動く」

彩夏はそう告げる。

「この先私がどうしようとも、おまえには関わりのないことだ。いいな？」

「…………」

納得がいかない、彼の目はそう訴えている。

けれども、何事にもおしまいというものはあるのだ。

「これで……最後だ」

手を伸ばした彩夏は瑛篇の首に触れ、その唇に自分のそれを押しつける。

接吻《せっぷん》のあいだ、目を開けたままでいたのは、彼の顔を少しでも覚えていたいからだ。

——愛している。

誰よりも、この男を。

彩夏は強く実感する。

これから先はもう二度と、絶対に口に出せないけれど、それでも、一度生まれてしまった思いは消えない。

だから、ほかの男に容易《たやす》く唇を許さないでほしい。

できることなら、彼がくちづける最初で最後の人間になりたい。

最初の一人にはなれたけれど、最後の一人になるのはもう無理だ。ここで彼と別れる以上は。

凍りついた心が溶ける前にくちづけをやめ、彩夏は瑛篇から身を離した。

# 1

木々を濡《ぬ》らす緑雨は未《いま》だやまず、水滴が青葉の陰《かげ》から規則的に落ちる。庭のあちこちには小さな水たまりができ、梢《こずえ》から散った葉はまるで小舟のようだ。

渡り廊で足を止めた雨彩夏《うさいか》は、その細い腕を衫《さん》のゆったりとした袖《そで》の中に入れて腕組みをする。そして、天の恵みがしとしととあたりを潤す情景を、じっと眺めていた。

濃紺の衫は、彩夏の白皙《はくせき》の美貌《びぼう》を一層血の気のない作り物のように見せる。

「彩夏、彩夏。いないのかい」

義兄の声が耳に届き、ぼんやりと柱にもたれていた彩夏ははっと顔を上げた。

「……はい、義兄上」

彩夏の涼やかな声を頼りにしたのだろう、ややあって向こうから跫音《きょうおん》が聞こえてくる。

「ここにいたのかい」

十二歳年上の義兄の雨孝陽《こうよう》は、廊下に佇《たたず》む彩夏を認めてにこやかに笑った。

いかにも人の好《よ》さそうな、眦《まなじり》の垂れた目。穏やかな笑みを刻む口許。

誠実と評判の孝陽は優しい気質の持ち主で、こんなにお人好しで商売などできるのだろうかと心配になる。しかし、実際には昔から手代を務める胡徳《ことく》らの采配《さいはい》で商いは順調で、血の繋《つな》がりすらない彩夏を番頭に据える余裕もあるのだ。

近隣諸国にも評判の孝陽の経営する商店は、主に衣や布地、装飾品を扱う。常に数十人の雇い人を抱《かか》えており、四六時中客が出入りする店、使用人が出入りする蔵、どこもかしこも人が溢《あふ》れ、大いに活気があった。

「どうしましたか？」

「ちょうど、中《ちゅう》家のお嬢さんが遊びにきていてね。おまえもお茶でもどうだい」

「……ああ」

彩夏は気のない顔になった。

中家の令嬢である杏花《きょうか》は齢《よわい》十五、成人したばかりである。十八にもなって独り身の彩夏をいたく気に入り、婿《むこ》にしたがっているのは明白だ。行き遅れつつあるのも彩夏に未練があるせいだと、この街ではまことしやかに囁《ささや》かれている。彩夏は杏花のことは不得手なのだが、最大の得意先を失うわけにもいかず、不承不承《ふしょうぶしょう》彼女をあしらっているという状態だった。

「そろばんばかり弾《はじ》いているのも、疲れるだろう？　さあ、おいで」

「これは私の仕事です」

「休憩をしないかい」

なおもやわらかく誘いかけられると、従わぬわけにはいかない。

「そうですね……では、お供します」

「そうしておくれ、彩夏」

孝陽はほっとしたような顔になった。

義兄の優しい表情の向こうに、縋るように必死な感情の欠片《かけら》を見つけた気がし、彩夏の胸はわずかに痛んだ。

「おまえが早く結婚し、子供を作ってくれれば、我が雨家は安泰だからね」

「……はい」

もう一度彩夏は同意を示すが、その言葉にはさほど実感はなかった。

「遠慮するものではないよ、彩夏。おまえは私にとって、実の弟以上の存在なのだから」

「勿体《もったい》ないお言葉です」

胸をちくちくと突き刺す言葉に、彩夏はそう答えるほかなかった。

客間に向かうと、椅子《いす》に腰を下ろしていた杏花が腰を上げた。

「彩夏様」

面《おもて》を向けた杏花が、うっとりとしたまなざしで彩夏の美貌を見つめる。

漆黒《しっこく》の流れるような髪、同じ色合いの漆黒の瞳。紅を差したように紅《あか》い唇。二重の目は杏《きょう》仁《にん》のようなかたちで、その艶《あで》やかな容姿は近隣では評判だった。

匂《にお》やかな桃色の衫は、高級な絹織で袖も殊更たっぷりとしている。袖のゆったりとした衫は動きにくいため、立ち働かなくていい貴人や金持ちが主に身につけるもので、正装としても通用した。

「こんにちは、杏花さん。わざわざいらしてくださってありがとうございます」

盆に載せた茶器を自ら運んだ彩夏は、優雅な手つきで茶を淹《い》れた。

普段は冷たく面のように整っている顔立ちと言われる彩夏だが、心を許した相手にはやわらかな表情を見せる。また、客と相対するときも、笑顔を作ることも難しくなかった。

東国の奏《そう》で取れる高級な茶葉を使った茶は葉の一枚一枚が大きく、芳醇《ほうじゅん》な味わいを生み出す。茶器はこのあたりには珍しい厚地の焼物で、杏花はそれを恭《うやうや》しく手に取った。

「まあ、美味《おい》しい」

「こちらは奏のお茶です」

「あら、売り物ですの？」

紫檀《したん》の卓子《たくし》に茶碗を戻し、杏花は不思議そうな顔で、向かいに座った彩夏を見つめる。

「ええ、うちの店で特別なお客様にお出しするものです」

「では、そちらをいただきますわ」

彼女は嬉《うれ》しげに頷《うなず》き、もう一度茶碗を手にしてその香りを嗅《か》ぐ。

「それから今日は、彩夏様に髪飾りを見立てていただこうと思いましたの」

杏花は派手な顔立ちの美少女で、はきはきとした物言いはその聡明さを端的に表している。しかし、どんなに魅力的な美女であっても、彩夏の興味を惹《ひ》くことはない。

自分は女性はどうしても不得手なのだが、常識人である義兄の手前ではそれを口にできない。言えば一線を引かれるだろうと、わかっていたからだ。

義兄との歯痒《はがゆ》いほどのすれ違いは、自分のこの未練がましい性格に原因があるのだろう。もうずっと、長い片想いをしているひとがいるというのに、それを打ち明けることもできないのだから。

「でしたら、このあいだとてもいいものが入ったところです。成陵《せいりょう》を経由したものですが……少々お待ちください」

「はい！」

杏花は声を弾ませる。

微笑む彩夏の艶《つや》やかな黒髪を眺め、ほう、と杏花がため息をつくのがわかった。

もともと彩夏の実家は三代続いた商人で、こういう客あしらいは得意だった。

尤《もっと》も、三代目にあたる両親は商才など欠片もなく、彩夏の才能を使うことはできなかった。そのくせ自尊心ばかりが高いせいですぐに没落し、生活に行き詰まった。困窮しきっていたところに、姉が大店の跡取り息子に見初《みそ》められ、嫁ぐことになったのだ。

その相手こそが、今の義兄の孝陽だった。

「お待たせしました」

女性向けのさまざまな商品を桐《きり》の箱に入れて持ってきた彩夏は、それを卓上に並べていく。

「まあ、素敵！」

顔の前で手を合わせ、杏花は頬《ほお》を紅潮させる。いずれも彩夏が各国を回り、あるいは商人を呼び寄せ、選《え》りすぐった商品ばかりだ。杏花のような目の高い女性であっても、必ずや満足させられるであろうという自信があった。

「どれがいいかしら？」

「選ぶのをお手伝いさせてください」

薄い唇を上げ、彩夏は告げる。

「あら、本当？　あまり派手派手しい飾りをつけた女はお嫌いでなくて？」

「どなたがそんなことを？　派手であろうと地味であろうと構いません。問題は似合うか似合わないか、それだけですよ」

彩夏の言い分を聞き、彼女は更に頬を染めた。

細い首、やわらかな躰《からだ》の線。ふくよかな胸。

この阿礼《あれい》に住む男たちは杏花の美しさを褒《ほ》めそやすが、自分が求めているものとは違う。

暫《しば》しのあいだ、彼女はああでもないこうでもないと迷っていたが、やがて首飾りと髪飾りを買い求めることに決めた。

「後ほど、お茶とまとめてお持ちいたします」

「ええ、ではお代はそのときに。配達には、絶対に彩夏様がいらしてくださいね」

「はい、勿論《もちろん》です」

「夕飯も我が家で召し上がっていただけると嬉しいわ。よろしくて？」

「有り難いお申し出、感謝いたします」

面倒だという考えが脳裏を過《よぎ》ったものの、彩夏はそれをすぐに打ち消し、心の片隅にまで追いやった。

お客様を相手にそんなことを考えては、いけない。

杏花を帰したあとに応接室を片づけていると、孝陽が再び顔を見せた。

「どうだったかい、彩夏」

「このあいだ仕入れた、磬《けい》の髪飾りと首飾りが売れました」

彩夏が淡々と答えると、孝陽は「それはすごいね」と素直に感嘆の声を上げた。

「あれは高額で、なかなか売れなかったものなのに」

「杏花さんには、大変お似合いでした」

「そうか。おまえは勧め上手だな」

彩夏が勧め上手なのではなく、杏花の気持ちにつけ込んでしまっているだけだ。だが、どんなやり口でもいいから、商いに貢献したかった。

「でも、あまり度を過ぎてはいけないよ」

「……はい」

「おまえは目が高いし、数字も読める。人の好むものをよくわかっているし、このままであればいい商売人になるだろうね」

「誉めすぎないでください。調子に乗ってしまいます」

「それくらいがいいんだ。おまえはいつも、自分の主張をしなさすぎる。おまえは……」

言い淀んだ孝陽は、眩《まぶ》しげに彩夏の美貌を見つめた。

彼のその視線の意味を、彩夏は痛いほどに知っている。

探しているのだ。

自分の中に、失われた姉の片鱗《へんりん》が残されているのではないかと。

あるのだろうか。顔貌《かおかたち》に、声に、仕種に。

いや、自分はとうに成人した立派な大人の男だ。美しかった姉に似た部分など、どこにもあるわけがない。

だけど、この長い黒髪くらいはまだ似ているかもしれない。

姉もまたうねる絹糸のような髪の持ち主で、その艶《つや》やかさが彼女の自慢だった。

病床にいても身繕《みづくろ》いを忘れず、近づくといつも、ほんのりといい香りがしたものだ。

——あの人をよろしくね、彩夏。

死に際、姉は彩夏の手を握り締めて言った。今にも逝《い》こうとする人間とは思えぬほどの、強さで。

なのに自分は、姉を裏切っている。

こんなにも、己の胸の中の思いは強い。

孝陽が欲しい。彼に抱かれたい。唇を、膚《はだ》を重ねたい。

昔はこんな欲望など微塵《みじん》もなかったのに、成長するにつれ、その願望はなまなましいものへと変化を遂げていた。

姉の身代わりで構わない。自分を抱いてくれればいい。酒でも飲ませて寝所に忍び込んでしまえば、姉と勘違いしてくれるのではないか。

斯様《かよう》に卑怯《ひきょう》な欲望さえ抱《いだ》いているのだ。

夜な夜な自分を苛《さいな》む穢《けが》らわしい欲望に、負けてしまいそうになる。

そんな自分が……怖い。

「どうかな、彩夏。杏花さんはおまえを好いているようだよ」

突然、その話を切り出されて、彩夏は現実に引き戻される。そして、掠《かす》れた声で「ええ」とだけ答えた。そんな彩夏の気乗りせぬ様子にも気づかぬ調子で、孝陽は穏やかに続ける。

「そろそろ所帯を持って、私を安心させておくれ」

ぽんと孝陽に肩を叩《たた》かれ、彩夏の胸はちりちりと痛んだ。その手を払い除けたいという衝動を、彩夏は懸命に堪《こら》える。

「ありがとうございます、義兄上」

触れないでほしい。触れられたら、欲望が募りそうになる。

孝陽は姉が愛した人で、そして自分にとっては血が繋がらない義理の兄だ。

養子にしたいという申し出を断ってただの居候《いそうろう》となっているが、結局は、家族なのだ。

愛してはいけない。そんなことをしても、何の意味もないのだから。

自分の情をぶつけたところで、望むものは何一つ返ってこないのに。

この人は今なお、亡姉を愛している。おまけに自分は男なのだ。どうあっても、上手くいくはずのない、絶望的な片想いだった。


いにしえより天帝と神獣《しんじゅう》に守られしこの大陸は、聳《そび》え立《た》つ天威《てんい》山脈によって中央部分を二つに分断され、東半分を陽都《ようと》六州、西半分を月都《げっと》六州という。二つの地は決して混じり合うことはなく、人間には決して天威山脈を越えられないといわれている。

国生みの頃は陽都には文字どおり六国しかなかったが、ここ数百年というもの戦乱が続き、大小さまざまな国が興亡を繰り返している。その数は百とも二百ともいわれ、正確な数を知る者はなかった。

多くの国々は貧しく、戦乱が止《や》む気配はない。それでも、神獣の中でも青龍、朱雀、白虎、玄武のそれぞれが加護する四つの国と大陸の中央に位置する楽《がく》は、状況がましだった。神獣に守られし国は、神獣が王に相応《ふさわ》しいと認める人間が王位に就いたときだけ、豊穣《ほうじょう》と繁栄を約束される。王は神獣から玉座を借り受けるが、偽《いつわ》りの王が玉座に就けば、国は荒廃するさだめだった。また、神獣から王として認められる条件がどのようなものであるかは、国によって違う。その資格を持つものが即位すればよい国もあれば、神意を問う儀式を必要とする国もある。

その中でも、中央に桃華山《とうかざん》が聳えるこの楽は特別な国といえた。神仙の加護をいただき、戦乱とは無縁であり、豊穣が常に約束されている。

彩夏が暮らす阿礼は楽の東方にある都市で、大陸東端の国家である奏にほど近い。奏は青龍によって守護される国として知られていた。

阿礼は都の楽都《がくと》まではそう遠くはないが、独自の都市文化が発展しており、詩人や画人など、数多くの文化人が住まう。独特の文華は阿礼文化と呼ばれ、それを目当てに立ち寄る旅人も多く、自然と交易も盛んだった。

彩夏の義兄である孝陽は、その阿礼で代々商店を営んでいる。使用人の数も多く、彩夏よりもずっと孝陽を知っている者ばかりだった。

——本当に、旦那《だんな》様の気まぐれも困ったことですわ。

――あの女を娶《めと》って、薬代に医者代と、結局借金を抱えただけじゃない。挙げ句、あんなお荷物を引き受けるなんて……。

――まったく、可愛《かわい》げがない。にこりともしないで、あんな子は商家には向かないよ。どうせなら、どこぞに奉公に出せばいいものを。

一年前、十二歳で姉を失った彩夏は、奉公人たちから聞かされる罵詈雑言《ばりぞうごん》に耐《た》える日々が続いていた。若旦那は人が好すぎ、彩夏姉弟に利用されたのだと、使用人の誰もが口さがないことを聞こえよがしに言ったものだ。

とうとう我慢できなくなった彩夏は、書き置きを残し、雨家から出ていくことにした。

この戦乱の世、一人で生き抜くのは生半《なまなか》なことではないとわかっているが、優しい孝陽に迷惑をかけるのは嫌だった。悪評も彼に似合わないと知っていた。

『あの人をよろしくね、彩夏。人が好すぎて心配なの。でも、おまえになら任せられるわ』

病床でいつになくしっかりとした声で言われ、彩夏は姉の手を握り締めて頷いた。

まるで天女のように美しいと誰もが褒めそやした姉は、彩夏にとっても女神のようなものだ。彼女の願いもあったし、彩夏自身も穏やかな義兄が好きだったが、彩夏を疎んじる周囲の人間の白眼視に耐えきれなかった。

しかし、幼い彩夏の足では阿礼の城外に出て近隣の森に入るので精いっぱいで、すぐに日没になってしまった。

仕方なく彩夏は、悪鬼《あっき》が出ると噂《うわさ》の森で野宿をすることにした。

火を起こそうとしたが上手《うま》くできず、心細い思いで木陰で丸くなった。

このあたりの森は、夜になると山賊くらいしか足を踏み入れない。陽都の山野は魑魅《ちみ》魍《もう》魎《りょう》が住まうといわれ、それはこの森であっても例外ではなかった。

狼の遠吠《とおぼ》えに、彩夏はびくりと身を固くする。

怖くてたまらない。眠りたいのに、眠ることはまるでできなかった。

ふと、鳥がばさばさと羽撃《はばた》きながら、茂みから飛び出してくる。

まるで、追われているみたいだ。――何から逃れるために……？

持っているのは護身用の短刀だけだ。これで、狼や魔物から身を守れるだろうか。

「彩夏、彩夏……いないのかい？」

その声に、彩夏は耳を疑った。

違う、義兄のはずがない。

人が好くおっとりしている義兄は常に慎重で、このような夜更《よふ》けに森に入る剛胆さは持ち合わせていなかった。

これはきっと、森の魔物だ。

魔物の中には、獲物の最も会いたいと願う相手を読み取れるものもいる。彼らはその相手の姿を騙《かた》って現れ、油断した人間を骨だけ残して喰《く》らうのだという。

……義兄《にい》さん。

彩夏はぎゅっと目を閉じる。

たかだか使用人の悪口に耐えかねて出ていくなんて、これまで自分を大事にしてくれた義兄に対する裏切りだと、わかっていた。

だけど、自分が彼のそばにいることで、義兄の声望を落とすのは嫌だった。

姉の評判を落とすのも、御免だ。亡くなった相手に鞭《むち》うつような行為は、絶対に許せない。

「彩夏」

もう一度呼ばれて、彩夏は答えてしまわぬようにと唇を噛《か》み締《し》める。

松明《たいまつ》の光が、不意に彩夏を照らし出した。

「彩夏、ここにいたのか」

「どっかに行け！」

彩夏は短刀を握り、義兄の姿を取った魔物を睨《にら》みつけた。

「彩夏？」

「ぼ、僕は知ってるんだ！　魔物はそいつの大好きな人の姿で出てくるって！」

彩夏は声を張り上げる。

怖くなんてない、自分にそう言い聞かせながら。

「義兄さんの姿の魔物なら嬉しいけど、でも……ここじゃ死骸《しがい》が見つかっちゃう。そうしたら、義兄さんが悲しむ！　だから、喰われるなら遠くがいい。こんなところじゃ、嫌だ……」

不安と恐怖に、彩夏の声は弱いものになる。

「彩夏！」

近づいてきた孝陽は、短刀も無視して彩夏をいきなり抱き締めた。

驚きに彩夏が刃《やいば》を向けたため、彼の衣の袖のあたりにぴいっと亀裂《きれつ》が走っても、孝陽はまったく気にしなかった。

「っ」

骨がばらばらに砕けてしまうのではないか、そう思うほどに力強く。

でも、躰は砕けなかった。

それどころか、力強いのになぜか優しくて、すごく……あたたかい。

魔物とはこんなに、あたたかいのだろうか？

人を惑わせるほどに。

「馬鹿だな。そんなに私を好いてくれてるなら、どうして家を出ていったんだ」

優しく、悲しげな声だった。

「……え？」

「おまえは、愛しいあのひとの弟だ。大事にすると約束したんだ。悲しい思いはさせない」

もしかしなくても、これは魔物ではなく、義兄そのものではないのか。

「……義兄さんなの？　本物？」

「そうだよ、彩夏」

「嘘……どうして、こんなところに……」

「私がおまえを捜しに来るのは、おかしいのかい？」

「だって義兄さんはいつも帳場に座っていて、おとなしくて、武芸なんてできなくって……こんなところに来るなんて思えないもの！」

「男だからね、いざというときは頑張るものだよ」

背中をさすってくれる手が、優しい。

安心する。彩夏は思わず目を閉じ、彼のぬくもりに身を委《ゆだ》ねてしまう。

孝陽に求められるのは、何よりも喜ばしいことだった。

「どこにも行かないでおくれ、彩夏。せめて、おまえが大人になるまでは」

「……はい」

それきり義兄の腕の中で寝入ってしまった彩夏は、目を覚ますと家に戻っていた。

聞けば義兄は、彩夏を背負って夜通し歩き、森を抜けて連れ帰ってくれたのだという。

彼にそんな大胆さがあるとは思わず、彩夏は驚き、そして途方もない歓喜を覚えた。

この世で、自分は頼る者もなくただ一人で生きていくのだと思っていた。だから、己に愛情を注いでくれる者がいるとわかったことが、幸せだったのだ。

……あれからだ。

あのときから、彩夏の思いは定まってしまった。孝陽が血の繋がりがない自分を助けにきてくれたことが、無性《むしょう》に嬉しかった。彼の強い愛情を感じたからだ。

義兄の思いは亡姉への追慕の念から生まれる感情で、彩夏の求める愛とは違うと知っている。なのに、たった一つのできごとに固執する自分が馬鹿だと、人は言うかもしれない。

でも、止められないのだ。

乾いた砂地に水が染み込むように、愛を乞《こ》う心にその言葉と体温は沁《し》みた。彩夏の心は孝陽のものとなったのだ。

しかし、最早《もはや》それを断ち切らなくてはいけない。そうでなくては、いつか自分は彼と過ちを犯してしまうかもしれない。それだけは、避けなくてはならなかった。

陽都において同性愛は罪ではないが、近親相姦は許されることではない。かたちや心情の上とはいえ、あの人は兄なのだ。

桃華郷《とうかきょう》までは、阿礼から馬車で七日。

「本当に、桃華郷にお寄りになるので？」

「ああ。漸く雨も上がったからな」

雨上がりの馬車道はぬかるんでいたが、名前のせいか自分が肝心なときに雨を呼んでしまうたちだというのは、彩夏もよくわかっていた。

買いつけの旅についてきた胡徳は実直な中年男で、彩夏も彼のことを幼い頃からよく知っている。

彩夏は店の番頭として仕入れなどを取り仕切るものの、経理や経営は胡徳に任せていた。古くからいる彼の顔を立てたかったし、そのほうが地位の割に自由に動ける。それに、昔からの使用人の中には彩夏を嫌う者もおり、あまり踏み込んだことをすると、反発を招きそうだったからだ。

「珍しいですね、彩夏様。遊びも博打《ばくち》もなさらぬと、評判なのに」

雨家の所有する馬車の荷台に腰を下ろし、片膝《かたひざ》を抱えた彩夏は自嘲《じちょう》気味に笑った。

「たまにはよいだろう？　私も、息抜きくらいしたい」

「遊廓は阿礼にもありますよ」

「誰にも知られたくないんだ。義兄の目もあるし」

桃華郷を訪れるのは、今回が初めてだ。

遊廓に行くことは社会的にも認められており、恥ずかしいことではない。これまでに一度だけ、彩夏は阿礼近くの遊廓を訪れたことはある。しかし、彩夏は噎《む》せ返《かえ》るような女性の匂いに嫌気が差し、結局、そのときしか訪れなかった。

「ああ、なるほど。遊びは多少であれば、結構なことです」

「彩夏様は、ご結婚もなさらずいつも店に心を砕いておられる。少し遊ばれたほうがいいのです。でも……」

何を言われるかわかっていたので、彩夏はそれを強引に遮った。

「それは、そっくり義兄上に申し上げたいところだ」

「孝陽様は、一度ご結婚なさったではありませんか。彩夏様はまだお若い。あちこちから、たくさんの縁談が持ち込まれていますよ」

「おまえが何を言いたいのかはわかっている、胡徳」

成人しても結婚せず、それどころか浮いた噂一つないのは、おかしいと思われている。街の人々からも、使用人たちからも、義兄に遠慮しているだけではなく、何か欠陥があるのではないか——そう疑われているのは知っていた。けれども、結婚はできない。

「……はい」

「だが、今だけは休息が欲しい」

「かしこまりました、彩夏様」

人の気持ちに敏《さと》い胡徳は、特にそれ以上は言わなかった。彩夏が聞かないでほしいと強く思っているのを、おそらくは察したのだろう。

やがて山の麓《ふもと》に、ぼんやりとした紅いものが見えてきた。

「ほら、見えてきた。あれが桃華郷です」

神仙が自ら作ったという、歓楽のための街。

派手な丹塗《にぬ》りの建物が多いために、遠くからは紅色の蜃気楼《しんきろう》のように見えるのだとか。

できることなら着かないでほしい、そう願う気持ちと裏腹に、馬車は速度を落としていく。

「そこが門ですよ」

「ああ」

雨に濡れた大門でさえも大層立派な構えで、ここが遊廓というのは信じられない。

下車した彩夏がぽかんと立ち尽くしていると、胡徳が「彩夏様」と声をかけた。

「あ、うん」

「それでは彩夏様、我々はここから二つ離れた邑の宿におります。三日後には迎えに参りますので、どうかお気をつけて」

深々と胡徳にお辞儀をされて、彩夏は頷いた。

胡徳には、この近隣の商人たちとの商談を任せている。慣れた相手ゆえに彩夏抜きでも構わないということで、不在のあいだのやりとりは彼に全面的に委ねていた。たまには別行動のほうが、胡徳も息をつけるに違いない。

「ご苦労だった」

彩夏は胡徳たちを型どおりに労《ねぎら》うと、長い前髪を垂らすことで整った造作《ぞうさく》を隠す。そして、意を決して桃華郷の大門を潜《くぐ》った。

「…………」

門の奥は、異界だった。

あまりの華やかさに、彩夏は思わず足を止めて息を呑んだほどだ。

素晴らしかった。

凝《こ》ったつくりの丹塗りの建物が何軒も立ち並ぶ様は壮麗で、行き交う娼妓たちの衣も艶やかだ。いかにも男女の心を浮き立たせ、淫情《いんじょう》を煽《あお》るような紅に、引き込まれそうだ。だが、ただ淫靡《いんび》なだけというわけではなく、一つ一つが芸術品のようで、その事実に彩夏は感心した。

見たところ、たいていの建物は二階建てか三階建てで、瓦《かわら》屋根のもの多い。娼妓たちを置く娼館は妓院《ぎいん》あるいは妓楼《ぎろう》などと呼ばれるが、門を入ってすぐの『牡丹楼《ぼたんろう》』と書かれた妓楼は、高欄《こうらん》に牡丹の花が彫り込まれており、扉の取っ手となる鉄の環《わ》にも牡丹が巻きつく意匠となっている。柱には、牡丹の蕾《つぼみ》が次第に花開く様が、繊細な彫刻となっていくつも施されていた。

行き交う人々の衣服も煌《きら》びやかで、阿礼だったら祭礼や何かの儀式でなくては見かけぬような、派手派手しい装束のものばかりだ。

桃華郷においては、男女のいずれもが、同性・異性を問わずに寝る相手を選ぶことができた。自分が抱く側であろうと抱かれる側であろうと、どんなに特殊な嗜好《しこう》を持っていても、必ず相手を見つけられるのだとか。

この郷《さと》では躰を売る男娼を男妓、娼婦《しょうふ》を妓女《ぎじょ》と呼び、彼らを総称して娼妓《しょうぎ》や遊妓《ゆうぎ》という。

華美な装いをしているのは客を正装でもてなす高級店の娼妓だけでなく、ここを訪れた客たちも同じで、ひどく地味ななりをしているのは、旅装束の彩夏くらいのものだ。胡徳が強引に正装である衫を持たせたのも、出がけに孝陽が「桃華郷を見ておくのも勉強になるからね」と言ってくれたのも理解できた。

夕暮れどきの桃華郷は更に赤味を帯びた色に染まり、それが風情があって美しかった。どこからともなく聞こえてくる胡琴《こきん》の音色は、なぜか物悲しく響く。

桃華郷の外には飢えや戦乱が日常茶飯事の世界が広がるのに、ここはまるで異界だ。

彩夏を通り越していった男たちはそれぞれ一張羅《いっちょうら》を身につけ、足早に追い抜いていく。おそらく、馴染《なじ》みの娼妓の元へ向かうのだろう。

気を取り直した彩夏は、宿屋を見つけるべく歩きだす。

妓院と違って宿屋や商店は丹塗りされていないので、すぐにわかって有り難い。

二晩の宿を頼んだ彩夏は、隣の湯屋で湯浴《ゆあ》みを済ませ、袖の詰まった袍《ほう》からゆったりした衫に着替えて身支度を整えた。

あまり目立っては恥ずかしいと黒い地味な衫を選び、装飾品も髪を結うときに使う髪留めだけにした。陽都においては、僧侶、身分が低く正装をする必要のない者ややくざ者を除いて、ある程度地位のある男女は正装では髪を結い上げることになっており、彩夏もそれに倣った。

行く店は、既に決まっている。

桃華郷を案内する番付が陽都では広く流通しており、彩夏は『東昇閭《とうしょうりょ》』というこの遊廓でも一番の高級店を訪れるつもりだった。男性が春を鬻《ひさ》ぐ店は、彩夏の目的にはしっくりしていたからだ。孝陽からもらう給金は貯めていたので、かなりの金額がある。これで足りるに違いない。

桃華郷では、店には独自の格付けがされている。

遊ぶには金も時間もかかるが遊妓は教養と美貌を誇るという最高級の店が『閭《りょ》』、同じくやや高額ではあるがそこそこに気楽に愉《たの》しめる富裕層向けの『楼《ろう》』、そこからだいぶ落ちて庶民的で誰もが安い金で楽しめるのが『家《や》』と言われる。それぞれの店が自分たちの格に応じた名前をつけ、一見してすぐに店の格がわかるようになっていた。

前方から一際華やかな容姿の青年がやってくるのに気づき、彩夏は自然と道を譲った。

思わず見惚《みと》れたのは、傘を差した青年の顔立ちがあまりにも秀麗だったからだ。

淡い茶色の髪、同系色の瞳。顔がはっきり見えるように前髪を上げ、客からもらったものか、貴石が嵌《はま》った釵《かんざし》や装身具で己を飾り立てている。艶やかな紅の衫はあちこちに刺繡《ししゅう》が施され、それがとても見事だった。

「憐花《れんか》、何をしてる？　早くおし！」

「はい、莉英《りえい》様」

莉英と呼ばれたのは、いかにも権高《けんだか》そうな雰囲気の青年だった。顔立ちは端整でまるで作り物のようで、きつそうな物言いはあまりそぐわない。

あの美貌だ、おそらくさぞや売れっ子なのだろう。そう思いつつ、彩夏は先を急ぐ。

目当ての東昇閣は、町外れの小高い丘の上にあった。

丘を登り切ったところには、質素だが格調高い黒漆《こくしつ》の門があり、『東昇閣』と雄渾《ゆうこん》な書体で書かれた額が掛けられている。

松明を灯《とも》した傍らには門番と思しき老人が立ち、「お客様ですか」と問うてきた。

「ええ」

「どうぞ、お通りください。東昇閣はこの丘の上です」

「ありがとう」

門を抜けた先にある小径《こみち》の周囲は竹林になっており、その少し先に、一際風雅な楼閣《ろうかく》が姿を現した。

高さは数十丈《じょう》、広さは数十間《けん》というところか。

建物に近づくだけで、なんともいえず甘く艶《なま》めかしい香りが漂ってくる。

「え……！」

陽が落ちたせいで視認するのは難しいものの、この匂い――高楼の欄干《らんかん》には、惜しげもなく高級な香木が使われているのではないか。

この建物を造った人物は、贅《ぜい》の凝らし方が半端《はんぱ》ではない。何よりも、欄干に香木を使うという発想そのものが常人とは違う。この香りを維持する費用も馬鹿にはならないだろう。

彩夏が玄関に着いたところで、声も上げていないのに勝手に扉が開く。

「ようこそいらっしゃいませ」

利発そうな外見の少年が姿を見せ、口許にやわらかな笑みを湛《たた》えて頭を下げた。

「東昇閣は初めてでいらっしゃいますね？　お名前を伺ってもよろしいですか？」

「雨彩夏と申す」

「私は如水《じょすい》。この店で、僮《どう》を――下働きをしております」

妓院に買われた者たちの多くは『僮』と呼ばれる下働きとなり、やがて水揚げされて男妓になる。この如水という少年も、いずれはその躰を売るのだろう。

「どうぞ」

妓院や娼館はもっと毒々しいのだろうという思い込みがあったのだが、それは間違いだと思い知らされる。この閣は、典雅の一言に尽きた。

柱には神獣の意匠が、扉や欄間《らんま》には丹念な透かし彫りが、それぞれ施されている。扉の取っ手は金細工で、玉や翡翠《ひすい》が塡《は》め込《こ》まれており、あたかもそれ自体が芸術品だ。目立たぬように密《ひそ》やかに置かれた香炉からは、押しつけがましくない程度に甘い香りが漂っていた。

「ただいま、四海《しかい》様に話を通してまいります。それまではこちらでお待ちください」

四海というのは、桃華郷で有名な仙人の名前でこの閣の主と聞く。

「わかった」

螺鈿《らでん》を施した黒檀《こくたん》の椅子に腰を下ろし、彩夏は落ち着かない気分で四海を待った。

「待たせたの」

意外なほどにすぐに扉が開き、軽やかな声音が耳に届く。

思わずそちらを見やると、入り口には可愛らしい男児が立っていた。

「私が四海じゃ」

「雨彩夏と申します」

「……ほう」

鬚《ひげ》も何もないつるんとした顎《あご》を撫《な》で、近づいてきた四海はにやりと笑った。ふっくらとしたほっぺたが、いかにも子供じみていて愛くるしい。

「おぬし、顔に似合わずなかなか肝が据《す》わっているのう。たいていはこの姿に驚くものだが」

「神仙であれば、どのような格好でも驚きますまい。童形《どうぎょう》もとてもお可愛らしい」

「そうか」

頷いた四海は、彩夏の向かいの椅子にちょこんと腰かけた。

「まずはうちの男妓たちの顔を見せてやろう」

「はい」

四海がぽんと手を叩くと、彩夏が使ったのと反対の扉が微《かす》かに音を立てて開く。

そして、衫を身につけた十数名の男妓が一列に並んだ。

小柄で華奢《きゃしゃ》な少年から、がっしりとした筋肉質の者まで。

「我が東昇閣の男妓たちは、顔や躰は無論一流、教養もそこらの雅人《がじん》にひけを取らぬぞ。そなたの好みの者はいるかな？」

「………………」

しかし、誰もが煌びやかすぎて、孝陽と同じような人間はいない。困った彩夏が何か言おうとしたそのとき、最後の一人が現れた。

「遅れて申し訳ありません」

その声に、ぴくんと彩夏は反応を示した。

この、声――。

振り向いた彩夏の目に映ったのは、すらりとした長身の美青年だった。

顔は孝陽とはまるで似ても似つかないが、声と体格がそっくりだ。

髪は淡い茶色、瞳も同じ色合いで、黒髪黒目の者が大半を占める陽都では珍しい。宝玉が塡《は》め込《こ》まれた金の釵で髪を飾り、耳飾りも揃《そろ》いだった。装備品は彼の美貌を引き立てているうえに、衣装にされた刺繡と同じ意匠のもので、青年の美意識の高さを窺《うかが》わせた。

当の青年は彩夏と目が合っても媚《こ》びることはなく、すいと目を逸らした。

「誰がいい？」

四海の問いに、彩夏は迷うことなく答えた。

「最後に来た、彼を」

「俺……私を？」

咄嗟《とっさ》に言葉遣いを改め、青年はかたちのよい眉《まゆ》を顰《ひそ》めた。己が選ばれるというのは、想定外のことだったのだろう。

「一番人気の男妓を選ぶとは、目が高いのう。——どうする、聚星《しゅうせい》」

「……構いませんよ。遠くからのおいでだ、すぐに初会《しょかい》といきましょうか」

「そうじゃな」

こくりと頷《うなず》いた四海がぽんぽんと手を叩くと、男妓たちは入ってきたときと同じように、静かに部屋から出ていった。

「私の名は蘇《そ》聚星。以後、お見知りおきを」

青年は優雅な仕種で胸に手を当て、その薄い唇から音を吐き出す。

当たり前だが、義兄とは違う名前で、彩夏はほっとした。

「雨彩夏だ。よろしく頼む」

「よろしくお願いいたします」

腰を深く折り曲げてお辞儀をし、聚星は彩夏の手を取って椅子から立たせる。彼は静やかに、それでいて力強く彩夏を導き、階段を上っていった。

「ここは？」

「二階はそれぞれの男妓の部屋になっています。私の部屋は一番奥、あちらです」

玉簾《ぎょくれん》を抜けて部屋を覗《のぞ》いた彩夏は、その見事な装飾に思わず足を止めた。おかげで後ろにいた聚星が彩夏にぶつかってしまい、「申し訳ありません」と慌てて一歩退く。

「彩夏様、どうなさいましたか？」

「いや、素晴らしいと思っただけだ」

詰めていた息を吐き出し、彩夏は素直に讃辞《さんじ》を述べる。

「娼妓は自分で装飾を選ぶのか？　その螺鈿は本当に素晴らしい……南の缶《ふ》あたりの細工だな。それに、この透かし彫りも見事なものだ」

滔々《とうとう》と言葉を紡いでしまってから、彩夏ははっとして口を噤《つぐ》む。いつもは言葉少なで冷静な自分にしては、あまりにも子供じみている。それだけ緊張していたのかもしれない。

「ありがとうございます。お詳しいのですね、彩夏様」

聚星は、どことなく色めいた笑みを見せた。

「――まあ、な」

「では、早速ですし御酒《ごしゅ》を持たせましょう」

「頼む」

彼がぱんぱんと手を叩くと、すぐさま先ほどの如水という僮が酒器を持って現れる。

「彩夏様、桃華郷の決まりごとをご存じですか？」

聚星の問いに、榻《ながいす》に腰を下ろした彩夏は頷いた。

「確か、閨では客は何度も男妓と顔を合わせなくてはならないのだろう？　馴染みになれるまで時間がかかると」

「そのとおり。閨で遊妓と馴染みになることは、夫婦《めおと》になるようなもの。どうするかは、あなたを知ることで決めます」

それゆえに、一度決まった相手――敵娼《あいかた》が閨においてできると、客は他の遊妓と寝られなくなる。遊妓は多くの客と馴染みになれるが、客は敵娼以外の遊妓と関係を持つことはできないのだ。

「さあ、教えてください。どうして私を買うことにしたのです？」

「いきなり踏み込んでくるのだな」

苦笑する彩夏に、聚星は嫣然《えんぜん》と微笑《ほほえ》んだ。

「それがこの部屋に招かれた客のさだめ」

「なるほど」

最高級の閨で一番の男妓だけあり、それなりの我が儘《わまま》は許容されているのだろう。

それに、ここは一夜限りの契りが許される郷。何かを打ち明けたとしても、それを口外される心配はない。殊に、それが東昇閭のような高級な店ならば、秘密は絶対に守られる。

「そなたの声が、私の思い人に似ていた」

「思い人？」

「義理の兄だ」

彩夏は自嘲に唇を綻ばせ、酒を呷《あお》った。

どうしてなのだろう。

赤の他人が相手であるせいか、すんなりと、己の思いを口にすることができた。

こんなことは、初めてだった。

「ずいぶん前に亡くなった姉の、旦那だ。血の繋がりもない私を引き取り、面倒を見てくれている。そんな相手を好きになるとは不毛だろう？」

「……そうでもありませんよ」

ふ、と聚星は唇の端を上げる。

「恋なんて不毛なものだ。あなただけが、殊更愚かな真似をしているわけではありません」

「そうだな。――だが、私は……耐えられない。あの人のために、いい義弟でいたい。なのに、私の身の内の欲望がそれを許さない。このままでは、私はだめになってしまう……下手《へた》をすれば、今の義兄との関係も崩れてしまうかもしれないのだ」

それだけではない。義兄をきっと、不幸にする。こんな邪念を抱かれていることを知れば、義兄は衝撃を受け、落胆するだろう。彩夏に裏切られたと思うに違いない。

それだけは、あってはならないことだった。

だから、同性しか愛せない己の嗜好を孝陽に知られたくない。何かが綻び、自分が義兄に邪《よこしま》な思いを抱いていると気づかれてしまうかもしれないからだ。彩夏が必死で己の性向を隠そうとする理由は、そこにあった。

結局、彩夏は臆病なのだ。冷静で思慮深いわけでもなく、単に他人に真っ向からぶつかる勇気がない。ただ、見た目の冷ややかさに誰もが誤魔化されているだけだ。

聚星に促されるまま、彩夏は取り留めもないことを話した気がする。

気づくとすっかり夜は更けており、さすがに退出する時間だった。

「――明日は、宴《うたげ》を行いましょう」

別れ際、彼が言った。

「え？」

「我々の固めの杯のための宴です」

聚星は涼しい顔で告げる。

「どういうことだ？　もっと時間をかけるのでは……」

「時間の長短は関係ありません。私はあなたを、選んだのです。この聚星は、客を選ぶ権利を持った男妓ですから」

聚星は唇を動かし、どことなく淋《さび》しげな笑みを浮かべた。

「あなたの淋しさが私にはわかる。私を身代わりにしてください、彩夏様」

「……いいのか」

「そのための遊妓ですよ」

悟りきったような聚星の表情が悲しく、それでも口に出すことができずに、彩夏はただ黙るほかなかった。

「ただし、お願いがあります」

「何なりと」

この声を持つ聚星に触れ、そして触れられたい。

一瞬でも彼を手に入れられるのであれば、何を求められても構わぬつもりだった。

「きちんと髪を結って、あなたの美しい容《かんばせ》を隠さないでください。閨《ねや》では隠しごとはなしですよ、彩夏様」

ややあって、彩夏は頷いた。他者に顔を見られたくないというのは同郷の者に知られたくないせいだが、今更だろう。

「では、私からも頼みがある」

「何でしょう？」

「闇で、そなたを義兄と呼ばせてくれないか」

その言葉を聞いて、聚星は真面目な顔で首を縦に振った。

「勿論です。闇の中であなたに尽くすのが、男妓の役目」

「ありがとう」

その言葉は、彩夏が心の底から発したものだ。

「では、また明日に」

聚星はわずかに唇を綻ばせ、笑みを作った。

2

「本当にすまぬ、瑛簫《えいしょう》」

がっくりと肩を落とした養父は、憔悴《しょうすい》しきっていた。

天井の高い木造建築は立派な作りだが、あちこちに蜘蛛《くも》の巣が張っている。人手が足りず、掃除も行き届かないのだ。

「いいえ、構いません。これも天帝様のお導き」

十九の冬《とう》瑛簫はすっきりとした面差しの美青年で、邑《むら》に下りるたび娘たちに遠巻きにされる。年頃の少女たちはこぞって寺を訪れ、何かできることがあれば手伝わせてほしいと申し出てくれたが、生憎《あいにく》瑛簫は修行中の身の上で、彼女たちに関心はなかった。

瑛簫の黒い袍《ほう》は身動きしやすい質素なもので、あちこちが破れて継ぎを当てた痕跡《こんせき》がある。それほどに貧しい暮らしぶりだったが、瑛簫はそれを恥《は》じたことは一度もなかった。

「私はおまえが心配なのだ、瑛簫。おまえには欲望がなさすぎる」

「はい」

「かといって、桃華郷《とうかきょう》に行くことが良策とは思えぬ……」

「わかっております」

いや、養父の言葉の意味を、瑛簫は半分も解していなかった。

それは自分が愚かだからではない。寧《むし》ろ瑛簫は利発で聡明、幼い頃から神童として知られていた。

ただ、自分には人として大切なものが欠落しているのだ。

養父は、それが欲望だと常々言う。人として生きる、一番大切なものなのだと。

瑛簫にも食欲や睡眠欲といった基本的な欲求はあるが、それだけではいけないのか。

「おーい」

ふと、建物の外から誰かの野太い呼び声が聞こえ、瑛簫は顔を上げる。

「いらしたようです」

「……瑛簫！」

養父は咎《とが》めるような声を出したが、瑛簫は気に留めずに立ち上がる。

「おーい、誰かいないのかい」

「はい、ただいま」

摺《す》り足《あし》で玄関へ向かうと、旅装束を身につけた鬚面《ひげづら》の大男が立っていた。陽射しの中、彼が薄汚れて埃《ほこり》まみれなのがよくわかり、長旅だったことを窺わせる。

「悪い悪い、待たせちまって。俺が厳信《げんしん》だ」

約束は二日前だったので、かなり大きな遅刻になる。しかし、諸国を回る女衒《ぜげん》という仕事では、そう正確には旅をできないのだろうから仕方あるまい。

「お待ちしておりました。足を流しますか？」

「いや、いいって……ああ、そっちはよくないか？　建物が汚れちまうかな」

厳信という女衒は、にやっと笑った。鬚面だが強面《こわもて》というよりは人懐っこそうな顔つきで、胡散臭《うさんくさ》いところはない。

「私たちは構いませんよ。どうせこのとおり、中は荒れております」

「立派なもんだけどなあ」

「いえいえ。——どうぞこちらへ」

「それにしても、由緒がありそうな建物だねえ。俺も十年近く女衒をやってるけど、こんなところに買いつけに来るのは初めてだ。で、俺に面接してほしいってやつは？」

厳信の声は大きく、がらんとした室内でやけに響いた。もともとあまりものはなかったが、借金ゆえに調度の多くを売り払ってしまったので、よけいに空間が目立つのだ。

瑛簫は抑制の効いた笑みを浮かべ、木戸を開けてから口を開いた。

「私を買っていただきたく、今日はお呼びした次第です」

明るい陽射しの下、厳信は口笛を吹き、まじまじと瑛簫を眺め回した。

「生娘《きむすめ》から人妻、亡国の姫さんに妾腹《しょうふく》の王子なんてありとあらゆる相手を売り買いしたが、この俺も、坊主を買うなんてのは初めてだぜ」

腕組みをした厳信は、頭の天辺《てっぺん》から爪先《つまさき》までを観察する。その視線は痛くも痒くもなく、瑛簫は平然と受け流した。

「幸い、清らかな身の上です」

女犯《にょぼん》の罪を犯さないというのは、天帝に仕える僧侶《そうりょ》として当然の心得だ。

陽都《ようと》では天帝を信仰しているが、宗教として体系的なものが確立されているわけではないので、地域によって流儀に差がある。この地では天帝に仕える者のいるところを寺というが、天帝や神獣はかつて人だったという伝説から、彼らを祀《まつ》る施設は廟《びょう》とも呼ばれる。また、神に仕える者も僧侶や神子《みこ》と地方ごとに違う名称になった。そのばらつきや一体感のなさが、陽都を長い戦乱に駆り立てている一因なのかもしれない。

「しっかしなあ、とっくに成人してるだろ？　薹《とう》が立ちすぎだぜ？」

「十九です」

北国の瑟《しつ》では子供の死亡率が高いので、成人する年齢が他国よりも早い。税金は成年男子から取るもの、と決まっているからだ。

「いくらおまえさんが滅多にいない美形でも、背は高いし体格も結構しっかりしてるからなあ。色子ってわけにはいかない」

「色子とは？」

「要は、男妓の中でも男に抱かれるための少年ってところかな」

「なるほど」

真剣に頷く瑛簫に、厳信は「本当にわかってるのか？」と言いたげな疑念の籠《こ》もった目を向けてくる。

「女も男も、とにかく客を抱くような娼妓はそんなに需要がないんだよ。何だかんだいって、女性は慎み深いんだ。これが、可愛い美少年の色子ってなら話は別なんだけどな」

もともとおしゃべりなたちらしく、厳信の話は終わらなかった。

「あんたの見た目なら合格だが、問題は買う店があるかどうか。それに、お代はよくて金貨を二袋……悪くて銀貨三袋ってところだ」

「それでも助かります」

瑛簫は口許に笑みを湛《たた》えた。

「けどよ、それくらい、何年か働けば返せるんじゃねぇか？　どこかに奉公したほうがましだと思うぜ」

「いえ、それがどこも足許を見られてしまうのです。この飢饉《ききん》ですし、奉公しても食い扶持《ぶち》を引かれてしまってほとんど残りません」

体格のいい瑛簫ではそれだけ食費もかかるし、雇い主が渋るのも納得できた。

「そういうことなら、すぐにでも買い取ってやりたいところだけど、俺ももう一件仕事があるんだわ。おまえさんを買い取る店を探して、三か月後にまた来るよ」

娼妓志望の者といちいち面談し、それから売る店を探す。そのうえ一度の旅で一人の娼妓しか扱わないのは効率が悪すぎるが、これが厳信流なのだと、彼を紹介した者はあらかじめ教えてくれていた。

「かしこまりました」

「それまで、しっかり修行してな。色町のことはこいつを読んで覚えるがいい」

そう言って彼は、一冊の冊子を差し出した。見れば、桃華郷の案内書だった。

「はい」

「さて、おまえのお父上に挨拶すっか」

僧侶の身でありながら、桃華郷に売られるというのは罰当《ばちあ》たりだ。しかし、どのみち桃華郷自体が神仙が開いたという色里だ。深いことを気にしてはいけないのかもしれない。

どこにいても、天帝へ祈ることはできる。殊に、桃華山《とうかざん》はそのお膝元だ。悪《あ》しき風潮に馴染まなければ、修行には悪くないところだろうと瑛簫は考えた。


——義兄上……義兄上、いい……っ……いいです……。

躰を穿《うが》つ、大きな肉塊《にっかい》。極限まで拡《ひろ》げられた部位に押し込まれた熱はそれでも優しく、あたたかく、彩夏《さいか》を汗みずくにする。

「気持ちいいか？」

「ん……」

泣きながら答える彩夏の額に唇を落とし、聚星《しゅうせい》が再び目許を掌《てのひら》で覆い隠す。男の腰にしっかりと自分の脚を巻きつけ、彩夏は儚《はかな》い快楽を貪《むさぼ》った。

「…ああ、いい…そこ……っ…」

気持ちがよかった。

視界を覆われていれば、素直に快楽と声だけを追うことができるからだ。

深々と貫かれながら、彩夏はいつも聚星を「義兄上」と呼んだ。聚星と、正しくその名を呼んだことは一度だってなかった。

「いじらしいもんですねえ」

行為が終わったあと、気怠《けだる》く身を横たえる彩夏に、聚星はそう呟《つぶや》いた。

「いじらしい？」

「あなたはまるで、夜にしか見えない宵月のようだ。闇でだけ、束《つか》の間《ま》の自由を得る」

一流の男妓らしい、詩的な表現だった。夜だけ息をつける自分の浅ましさは、変えようのない事実なのに。

「そうやって我慢して、堪《こら》えて……本当のことを言いたいと思わないんですか？」

「言ったら、あの家にいられなくなる」

「でも、こうして堪えているよりはいいかもしれません」

「おまえは私にここに来るなと言いたいのか？」

「いいえ。旅のおかげでだいぶ丈夫になられたようだし、前より顔色もいい」

聚星は優しく微笑し、彩夏の頬にそっと触れた。

「ただ、気がかりなのです。あなたは私の客の中で、一番……」

「一番、なんだ？」

「私を必要としてくださっているように思うので」

「自惚《うぬぼ》れが過ぎるな、聚星」

彩夏はそう言うと、立ち上がって仕度をする。腰が鈍く痛んだが、顔には出さなかった。

「またのお越しをお待ちしております」

「ああ」

踵《きびす》を返す彩夏を、幼い顔立ちの僮《どう》が玄関で見送る。髪を二つに分けて結ったところが可愛かったが、それに微笑みかけてやるやわらかな心は、とうに失われていた。

……………それが、この前の逢瀬《おうせ》のこととなる。

先だって聚星に抱かれた日も、今日と同じように雨だった。

そして、今日もまたあましずくが、傘をぱたぱたと叩く。
雨に濡れた桃華郷は、独特の風情がある。
彩夏が初めて聚星と寝てから、何年が過ぎただろう。
正確なことは記憶にないが、あれから三、四年は経《た》つはずだ。
彼のしなやかで力強い腕に、彩夏がどれほど救われたかしれない。
「…………」
早く、聚星に会いたかった。
桃華郷に着いた彩夏は定宿に顔を出し、身支度を済ませる。
驟雨《しゅうう》に濡れる桃華郷は、夏の匂いが満ちていた。
笠《かさ》を被《かぶ》った東昇閣の門番の老人は、彩夏を見て、明らかに驚いた顔になる。
「あ」
門番は物言いたげだったが、久しぶりなだけに今日は気が急《せ》いていた。
無言で彼に一礼した彩夏は、傘を差したまま門を潜り抜け、東昇閣の入り口へ向かう。
香木の匂いが鼻腔《びこう》を擽《くすぐ》り、彩夏は目を細める。
軒先の雨だれが敷石に跳ね、彩夏の足を濡らした。
いつものように音もなく扉が開き、顔を出した如水《じょすい》は彩夏を認めて目を瞠《みは》った。
「彩夏様！」

この反応も、先ほどの門番と似ている。一体何かあったのだろうか。

「どうしたのだ、皆、私の顔を見て驚くとは」

彩夏はいささか気分を害し、細い眉を顰める。

「私の文は届いていないのか」

戦乱の続く陽都では、一般の個人向けに通信の仕組みが整えられていない。

王族や貴族は、政治的な理由があるときはそれぞれに馬を出して手紙を届けさせる。また、親しい商人たちに手紙を託すことも多かった。

一般の人々が親類や友人に手紙を出したい場合は、各地の通信所へ行っていくばくかの金と引き替えに手紙を預ける。すると、宛先と同じ場所へ向かう旅行者や商人が、金と引き替えに手紙を届けてくれた。

確実に届く保障はないが、その仕組みを使って大体の到着日は連絡している。時に遊妓は郷の外の宴会など、『出局《しゅっきょく》』と呼ばれる仕事をこなすことがある。そういったことで聚星が留守をしては困るから、あらかじめ予告はするようにしていた。

「それは、わたくしどもの申し上げることです。聚星の出した手紙が、お手元に届かなかったのでしょうか？」

「何だと？」

逆に質問をされるとは思わず、彩夏は今度は不快を露にし、怪訝《けげん》そうな声で問うた。

「聚星は店を辞めたのです。そのことを、聚星が彩夏様のお宅に宛《あ》てた手紙にしたためたはずなのですが」

「…………」

文字どおり、声も出なかった。

いつかこんな日が来るのではないか、そう思っていた。

だが、それが今日だったとは。

これまで常に自分を支えてくれた聚星が、もうここにはいない。

彼に抱かれることで、身の内にぬたくる欲望の焔《ほのお》を消すことができたのに、最早、それも叶《かな》わないのか。

無言になった彩夏に、如水は沈鬱《ちんうつ》な瞳を向ける。

聚星づきだった彼は、彩夏がどうして聚星の元を訪れるのかを知っていたからだ。

それでも何とか衝撃から立ち直り、彩夏は「すまない」と取《と》り繕《つくろ》った笑みを浮かべた。

「手紙が届かないのは、よくあることだ。――つまり聚星は、落籍《らくせき》されたのか？」

「いえ、聚星は、もうとっくに借金は返していました。あの方は、好きな人と生きる道を選んだんです」

「そう、か……」

彩夏は頷いた。

「聚星の故郷は磬《けい》だったな。磬に帰ったのか」

「はい」

そこで一瞬、会話が途切れた。

磬は陽都《ようと》でも最も西にあり、国土の半分が砂漠という厳しい気候の土地だった。長いあいだ王である史壮達《しそうたつ》の悪政が続いたが、この春に新しい王が即位し、漸《ようや》く一歩を踏み出したところだ。讒言《ざんげん》によって壮達に家族を殺されたという聚星がそこに帰るのも、それだけ大きな期待があってのことだろう。故国に帰りたがるのも頷けた。

聚星と自分のあいだにあったのは、恋愛感情ではない。ただの客と男娼、それだけのものだった。

しかし、そんな聚星が彼なりに他者と愛を育《はぐく》んでいたという事実に、彩夏は動揺した。

二人のあいだには決して生まれなかったものが、聚星とその相手には生まれていたのだ。

その違いは、何なのか。

寂寞《せきばく》としたものが、彩夏の心を襲った。

——なぜ……？

どうして自分は、いつも、愛される側には立てないのだろう？

いや、その理由はわかっている。百も承知だ。

禁忌の相手である義兄に、恥知らずな感情を抱いている自分が悪い。天はすべて、お見通しなのだ。

「彩夏様、いかがなさいますか？」

「たまには別の店に行くよ。ありがとう、如水」

いつも物静かで温厚な如水を困らせるのも本意ではなく、彩夏はその結論を選んだ。

「はい」

「看板がいなくなって、東昇閣は大変だな。これからは莉英《りえい》の時代か？」

「皆でこの東昇閣を盛り立てていく所存です。どうかこれからもごひいきに」

如水がなめらかに告げたので、それをしおに彩夏は引き上げることにした。

これ以上の長居は無用だった。

「四海《しかい》様によろしく伝えておくれ」

「かしこまりました」

このまま東昇閣で聚星以外の男を選ぶという道も取れたが、格式張った閣で初会から始めるのは、今の彩夏には無理だった。

こんなにも躰が火照《ほて》り、欲望の捌《は》け口《ぐち》を求めて疼《うず》いているというのに。

それに、敵娼《あいかた》が落籍されたからといって同じ店で別の男娼を選ぶのは、聚星に対して義理を欠く行為に思えてできなかった。

東昇閣の小高い丘を足早に降りていくうちに、遊廓独特の喧噪《けんそう》が近いものになる。大通りに辿《たど》り着いた彩夏が漸く歩調を緩めると、窓から外を覗いた娼婦たちが、くすくすと笑いながら逆に客たちを品定めしているのが見えた。

確かこの路地は、男妓を置いている店が多いはずだ。記憶を辿りつつ彷徨《さまよ》う彩夏に、声をかけてくる客引きがあった。

「兄さん、よかったらうちの男妓を見ていきませんか？　いいのが揃ってますよ」

「……ああ」

彩夏は言葉少なに頷き、店の名も確かめずに、瀟洒《しょうしゃ》な造りの妓楼に足を踏み入れた。

楼の一階はたいていが酒楼になっていて、遊妓たちはそこで酌《しゃく》をする。客はその中から好きな遊妓を選び、二階の閨に行くというのが基本的な決まりだった。

男妓たちが酒を供する酒場に出向き、彩夏は壺酒《こしゅ》を頼んで耳を澄ませる。これはという青年はいないだろうか、その一心で。

あるいは背格好だけでも、孝陽《こうよう》に似ている男がよかった。

「どうしたんですか、お客さん」

人懐っこく話しかけてきた青年の優しい発音が、何となく、孝陽に重なる気がした。

彼ならば自分を満たしてくれるかもしれない。

ほっと息を吐いた彩夏は、傍らに立った青年の手に自分のそれを載せる。

「何か？」

「おまえを買いたい」

彩夏は瞳を潤ませ、青年を見つめた。


「お客さん、俺、よくなかったですか？」

自分の躰を濡れた手拭《てぬぐ》いで拭う男妓に問われて、彩夏は気怠い顔つきで牀榻《しょうとう》に横たわったまま、わずかに首を振った。

「いや」

実際には、彩夏は快楽を得ることができなかった。

どうしても。

「前はどんな男妓と？」

「聚星だ」

彩夏が呟くと、男妓は「へえ！」と驚いたように声を上げた。

「そりゃ、俺じゃ力不足なはずだ」

「そうじゃない」

なるべく孝陽に声の似ている青年を捜したけれど、似ているのは発音の仕方だけ。だが、それは彼が悪いわけじゃない。

「おまえが悪いわけじゃない。私が……悪いんだ」

彩夏は男に背を向けて目を閉じる。

「お客さん、泣かないでください」

「泣いてなどいない」

壁を見つめ、彩夏は冷然と答える。実際、泣き顔を見せるつもりは欠片もなかった。行為はさほど悪くはなかったが、よくもなかった。

聚星とは比べものにならない。

聚星は優しかった。「義兄上」と縋る彩夏をいなし、上手く包み込んでくれた。彼ほど優しい男妓は、ほかにはいないだろう。

聚星が好きだったわけではない。

なのに、二度と会えないということはとても淋しく、悲しいのだ。

「あなたはとても綺麗《きれい》なのに、こんなところに来て……何か悲しいことがあるんですか？」

「べつに」

「すみません、こんな店でよけいな詮索《せんさく》されても、嫌ですよね」

ふ、と青年は自嘲気味に呟く。

「――また俺に、会いに来てくれますか？　次はあなたに満足してもらえるように、俺、頑張りますから」

「気が向いたら」

「正直ですね、お客さん」

青年は苦笑し、彩夏の髪にくちづけた。

「遠くから来てるんでしょう？　どうか気をつけてお帰りを」

「ありがとう」

本当に、この身の浅ましさには笑いを禁じ得ない。

義兄でなくてはいけない自分が、惨《みじ》めだった。


「お帰りなさいませ、彩夏様」

「ただいま」

表から店に戻った彩夏を、使用人たちがどこか冷ややかに出迎える。

桃華郷通いも一度や二度で済めばいいものを、彩夏は何度も訪れている。自分で金を出しているし、買いつけや商談のついでとはいえ、遊廓通いそのものを誉められたことではないと思われているのは間違いがなかった。

彼らの冷淡な視線を受け流して奥の帳場へ行くと、孝陽が頭を抱えて何やら計算をしているところだった。あまりに厳しい顔つきに声をかけるのも躊躇われたが、挨拶をしないというのもおかしいので、彩夏は仕方なく口を開く。

「義兄上、ただいま戻りました」

「あ、ああ、彩夏」

帳簿から顔を上げた孝陽は、にっこりと笑う。彩夏を見つめる瞳はいつもと変わらずに優しく穏やかで、自分が桃華郷に行くのをどう考えているのだろうと、彩夏は疑問を覚えた。

「先ほど遣いが来てね。明日、中《ちゅう》家に配達に行ってくれないかい」

「え？」

彩夏は微かに眉を顰めた。

「桃花《とうか》さんが、どうしてもおまえに会いたいというものだからね」

漸く杏花《きょうか》が役人のところへ嫁に行ったかと思えば、次は妹の桃花。あの家の娘たちは、つくづく彩夏のことを好いているらしい。整った顔立ち以外に自分にそこまでの魅力があるとは思えなかったので、彩夏は彼女たちのこだわりが不思議でならなかった。

「……わかりました」

義兄の頼みとあれば、どんな願いでも叶えたい。

「明日でいいんだよ。今日はゆっくりできないだろう」

「いえ、長居するつもりはありませんから」

つい、本音がつらっと口を衝《つ》いて出てしまった。

孝陽はわずかに目を瞠り、そして筆を弄《もてあそ》びながら、歯切れが悪く口を開いた。

「そうか。ならば、疲れているところを悪いが、頼んだよ」

「はい、着替えてすぐに伺います」

「ありがとう、彩夏」

立ち止まった彼は、彩夏を見つめて口を開いた。その物言いたげなまなざしに、彩夏の胸の汀《みぎわ》に荒々しい波が打ち寄せる。

だめだ。気づかれてしまう。

見つめられたときに、熱の籠もった目でそうし返してはいけない、わかっていても。

口ほどにものを言うのが瞳の役割だというのなら、一縷《いちる》の希望に縋りついてしまいそうになる。

言葉にしてしまえば彩夏が悪かろうが、自然と伝わってしまうのなら己にもどうしようもないことだ。

いっそ何もかもが知れてしまったほうが、楽になれるのではないか。

たとえ、それが……禁じられたものであっても。

「――彩夏、もしかして、おまえは……」

「はい」

声が掠れそうになる。

「私のせいで結婚しないのではないのかい？」

「ッ」

核心を突いた言葉に彩夏は動揺し、呆然《ぼうぜん》と廊下に立ち尽くした。

やはり、怖い。——失いたくない……！

ここにはいられなくなってしまうのは、怖い。聚星がいなくなったうえに、家族というあたたかな絆《きずな》さえも奪われてしまうなんて。

無言になった彩夏の反応に、孝陽は悲しげに表情を曇らせた。

「やはり、そうなのか……」

どうしよう、気づかれた。知られてしまった。

この不純な思いを。

狼狽《ろうばい》する彩夏は言葉もなく、ただ俯《うつむ》く。この場から逃げたいという衝動に駆られたが、わずかばかりの自尊心がそれを許さない。

「妻を亡くしたことで私は独り身になったが、だからといって、おまえを独り身のままで束縛するつもりはないんだ」

「え」

孝陽の言葉に驚き、彩夏は顔を跳ね上げた。

「私のことは気にせずに、妻を娶って幸せになってほしいんだ。無論、婿としてこの家を出ていくのも構わないんだよ」

「…………」

思わず、張り詰めていたものが吹き飛び、笑いだしそうになった。

結局、この人は。

何もわかっていないのだ。

善意の刃を振りかざし、彩夏を傷つけてやまない。だが、それを刃と受け止めてしまうのは、自分が身の内に穢《けが》れた獣を飼っているせいであり、義兄の非ではない。

この醜悪な獣欲があるがゆえに、自分は孝陽を正面から見つめることができないのだ。

捨て去らなければ、自分は自由にはなれない。

ずっとここで、足踏みをしなくてはいけないのだ。

3

「よし、ここで下りな」

厳信《げんしん》に声をかけられた瑛簫《えいしょう》は、「はい」と答えて農夫の馬車から下りた。足許に水たまりがあり、泥水が短袴《たんこ》に跳ねる。

遥《はる》か向こうに、煙《けぶ》るように町の影が見えている。あれが目的地の桃華郷《とうかきょう》だろうか。

「よかった、やっと雨も上がってきたな」

「ええ」

秋の夕暮れでおまけに雨ともなれば、夜になるのは早い。

急いで歩かなくては、薄明るいうちに辿り着くことは難しいだろう。道はあちこちがぬかるみ、気をつけないと滑って転んでしまいそうだ。

「ありがとうございました」

瑛簫が馬車の持ち主に深々と頭を下げると、農夫は「達者でな」と手を振った。彼は途中の街道で行き合い、道すがらだというので乗せてくれたのだ。

「さ、急ごうぜ」

還俗《げんぞく》し、生まれ育った故郷の邑を出て、十日あまり。女衒の厳信は陽気な男で、共に旅をするのも苦ではなかった。寧ろ、彼との旅は有意義で面白かった。

「生憎の雨だなあ。こいつは、もしかしたらあの人が来てるかもしれんな」

「あの人？」

「ん、雨男の知り合いがいるんだ。えらく別嬪《べっぴん》でな、いつかおまえに会わせてやりたいぜ」

そう言ってから、厳信は改めて長身の瑛簫をじろじろと眺め回した。

「にしてもなあ……俺も長いこと女衒をやってるけど、おまえみたいな薹《とう》の立った男を売るのは初めてだ。いろいろ心配だよ」

厳信はそれをしみじみと実感しているらしく、道中で何度もそう口にした。

「申し訳ありません」

そのたびに素直に謝る瑛簫に、厳信はばつが悪そうに自分の顎鬚《あごひげ》を撫でた。

「ま、おまえは頭もいいし、呑み込みも早いから上手くやるさ……客さえつけば、だが」

「道中いろいろ教えていただき、痛み入ります」

桃華郷での用語から礼儀などなど、厳信はさまざまなことを教えてくれた。尤も、閨房《けいぼう》での秘技に関しては「そういうのは、知らないほうがいいかもしれん」と、教えてくれなかったのだが。

「ただ、そう四角四面にしてると疲れちまうぜ？」

「生憎、これがもともとです」

「そうかい。ま、顔は申し分ないし、ひん剝《む》いたところ意外と体格もしっかりしてて、体力もある。上手くいかなかったら、用心棒か番頭にしてくれないかって伝えておいてやるよ。武芸の嗜《たしな》みはあるんだっけ？」

「棍術《こんじゅつ》を習っておりました」

寺に盗みに入ろうとする不心得者が多かったので、瑛簫は最低限の護身術を習っていた。旅のあいだに何度か危ないところはあったのだが、厳信は見かけどおりに腕《うで》っ節《ぷし》もそれなりだったし、瑛簫も身を守るだけの術はある。「これも天帝のお導き」と謝りながら敵を打ち倒す瑛簫を、厳信はおかしそうに見守っていた。

「うっかり客を叩きのめしたりしないで、とりあえず、あの蘇聚星《そしゅうせい》を目指して頑張れよ」

「はい、精進いたします」

「精進ってなあ……ほんっとうにおまえ、男妓としてやっていけるのか？」

厳信は猜疑的《さいぎてき》で、そして心配そうでもある。

だが、これまで経験が皆無なことに取り組むだけに、やる気があるとしか答えられない。向いているかいないのかが本職の厳信に判断がつかないのなら、自分のような素人にはよけいに無理だった。

「それはわかりません」

「もっとぎらぎらしてりゃ、安心して送り出せるんだけどなあ。瑛簫、おまえは欲望ってものが薄いんだよ。良くも悪くも、ものごとに執着しない」

「養父と同じことをおっしゃる」

「だろ？」

それは瑛簫の育ってきた環境に起因するものであろうから、一概に否定してほしくはない。

しかし、瑛簫が昔から我欲がないというのは、養父からも指摘されていたことである。

常に冷静で淡々としており、感情の揺らぎが少ないと。

それは短所にも長所にもなり得るからこそ、厳信に指摘されたところで痛くも痒くもなかった。

「お、着いたぞ」

「…………」

大門を潜った瑛簫は、驚嘆に言葉を失った。

しっとりと濡れた雨上がりの街は、驚くほどに華やかだ。さまざまな濃淡の紅色が、目の前に迫ってくるようだ。何もかもが灰色だった故郷とは、大違いだ。

まるで夢の国のようだ。

ここは、確かに神仙の手を借りて作られた異界に相違なかった。

「どうだ？　この郷を美しいと思うか？」

「見事ですが、私はもっと質素なほうが好きです。こういうものを好く方もおられるのでしょうが」

控えめな否定を耳にし、厳信は苦笑した。

「聞き捨てならんのう」

同時に背後から鈴の転がるような声が聞こえ、振り向いた厳信が「うっ」と呻《うめ》く。

「し、四海《しかい》様……」

瑛簫が振り返ると、そこには自分の胸先くらいの身長の少年が立っていた。利発そうな表情に、つやつやした髪は肩先で切りそろえられている。

可愛らしい顔立ちの少年だが、この桃華郷の色子だろうか？

「新顔じゃのう、厳信」

それにしては言葉遣いがずいぶん古めかしい。

「瑛簫、この方は東昇閣の楼主《ろうしゅ》、四海様だ」

ということは、神仙か。

納得がいった瑛簫は「初めてお目にかかります」と丁重に頭を下げた。

「ふむ、僧形《そうぎょう》か。珍しい男妓じゃの」

「四海様、ちょうどいいところでお会いしました。こいつは桃華郷で大成しますか？」

「無理じゃ」

四海はぴしりと言った。

厳信が「そう断言せずとも」と呟いたが、四海は撤回せずに続けた。

「斯様《かよう》に死んだような目をした者は、何者にもなれぬ」

「私が死んだ目ですか？」

「そうじゃ。そなたの目は死んでおる。生きた者の目ではない」

「そうなんですよ、四海様。俺もそれを案じていたんです。こいつには欲がないってのを」

我が意を得たりと、手厳しい指摘をされているのに、厳信が弾んだ声になる。

「わかった！　おまえ、恋をすればいいんだよ」

厳信がぽんと手を打った。

「恋？」

「そうだ。何もかも捨てたくなるような、身を焦がすような恋だ。そうすりゃ一皮剝けて、きっといい男になる」

「それは楽しそうですが、男妓が恋などしては道を踏み外すのではないですか？」

瑛簫の問いを聞き、厳信は「ああっ、そりゃそうだ！」と大袈裟《おおげさ》に頭を抱える。

「情熱も執着も、人には必要ないもの。僧侶は、そのために修行をするのですよ」

「ほうほう、甘いのう」

おかしげに四海は笑って、瑛簫の背中をぽんと叩いた。

「おまえはここでやり直すのがよかろう。きっと、生きる意味がわかるというものじゃ」

意味深な言葉を残すと、四海は「またな」と挨拶《あいさつ》してゆったりと歩きだした。そんな四海に目を留め、街の人々が次々に頭を下げる。

「よし、俺たちも行くか」

「はい」

「おまえさんを売る店は、ここからすぐだよ」

牡丹楼と書かれた店を行き過ぎ、茶店の前にある建物を厳信は指さした。

「――『瑞香楼《ずいこうろう》』ですか。素敵な名前ですね」

瑞香――沈丁花《じんちょうげ》から名をもらった店は、扁額《へんがく》に可憐《かれん》な花が彫り込まれていた。

「おまえを買ったのはにぎやかしってことだし、肩の力抜いて頑張れよ」

「はい」

瑛簫の長身を見上げ、厳信が笑みを浮かべた。

何もかもが、ここから改めて始まる。今日から自分は、この郷の住人なのだ。


夕刻になる前に、雨は上がった。

何の当てもなく桃華郷を訪れた彩夏《さいか》は、常になく荒《すさ》んだ気分だった。

宿の二階にて、鎧戸《よろいど》を開けて通りを見下ろすと、郷の人通りはそう多くはない。

薄曇《うすぐも》りの秋空に見え始めた星の淋しい光が、忌々《いまいま》しかった。

それでも、時間が来れば、どこぞの妓院《ぎいん》に出かけなくてはいけない。

この渇《かわ》きを癒《いや》すために。

聚星がこの郷を去ってから、早数か月。

彩夏は幾人もの男妓と寝てみたものの、自分の欲望を満たしてくれる相手には未だ巡り会えなかった。もともと同性を抱ける男妓を置くような楼は、そう多くはない。かといって、格の落ちる窯子《ようし》に行くのは嫌だ。窯子ではあたかも品物のように遊妓たちが並べられており、買った相手と大部屋で抱き合う。安いが不潔で、風情がまったくないという有り様は、彩夏の美意識が許さなかったし、窯子にいるのはたいてい抱かれるための娼妓であって、彩夏を抱いてくれるような者はほとんどいないと聞く。

多くは望まない。声でも背格好でも、どこか一つ孝陽《こうよう》に似ていれば、それだけでいい。

なのに、それすら叶わないのだ。

聚星と出会うことができただけ、よかったのだと思うほかない。

そうでなくては、とうに自分はだめになっていたはずだ。己の思いを吐露《とろ》し、あるいは孝陽に酷《ひど》い真似をして、嫌われていたことだろう。

そのときが先延ばしになっていただけのことだ。

「……………」

行かなくては。

今宵《こよい》、己の望む相手に出会えなければ、もう二度と桃華郷へ来るのはやめよう。

そして義兄のところからも出ていこう。

いつまでも未練がましくしていても、破綻《はたん》を招くばかりだ。あの人の好い義兄を苦しめることだけは、御免だった。

のろのろと立ち上がった彩夏は姿見で己の姿を確かめ、口許にわずかな笑みを浮かべる。

布地は高級だが、ぱっと見た限りでは質素な濃紺の衫《さん》。髪は高々とは結わずに一つにまとめるに留《とど》め、髪飾りも地味なものだ。耳飾りは蒼《あお》い貴石が象眼されたものにしたが、ほかの装飾品を身につける気持ちにはなれなかった。

男を買うために着飾るという浅ましさを、未だに受け容れられない。己の頑《かたく》なさを嘲笑《あざわら》い、彩夏は主人に挨拶すると宿を出た。

通りに出ればぼんやりとした灯火《ともしび》があたりを照らし、人々は男女の遊妓と駆け引きめいた会話を楽しんでいる。殊に『家《や》』がある通りでは、遊妓たちが客を引くためにしきりに声をかけ、秋波を送っていた。

こんなにたくさんの人がいるのに、彩夏を満たしてくれる者は一人としていない。

まるで、自分がこの世界でただ一人になったかのような、そんな孤独を思い知らされる。

鉛のように重い足取りで歩く彩夏に、「彩夏様」と声をかける者があった。

「ああ、おまえ……瑞香楼の番頭か」

記憶を辿る彩夏に、髪が薄くなった男は揉《も》み手《て》をし、「へい」と媚《こ》びた笑みを浮かべる。

彩夏は自分の顔を見せぬように歩いているのだが、背格好で誰なのかがわかるのだろう。

「彩夏様、今は敵娼《あいかた》がおいでなんで？」

「いや。特に、決まった者はいないが」

「そいつはよかった……おっと、すいません」

彩夏は細い眉を微かに吊《つ》り上《あ》げ、不快を示す。それだけで番頭は彩夏の感情の機微《きび》を読み取り、一旦《いったん》は丁重に頭を下げてから、また背中を起こした。

「じつは、水揚《みずあ》げしてほしい男妓がいるんでさ。初めての男になっていただけませんかね」

「水揚げ？　私に男を抱けと？」

水揚げとは、未経験の遊妓が初めて客をとることを指すが、そんな面倒は御免だった。祝儀《しゅうぎ》が特別に必要なのは構わないとしても、一つ一つ手ほどきをしてやれるほど、自分には余裕がない。それに、自分は男を抱きたいと思ったことは一度もないのだ。

「いやいや、とんでもない。無論、抱かれていただきたいんですよ」

番頭は首を大袈裟に横に振る。

一部に対してであれ、自分が男に抱かれる側の人間と知れているのは、あまりいい気分ではなかった。東昇閣の誰かが漏《も》らしたとは思えないが、ほかの店にも行ったし、いくら隠そうとしても彩夏の容姿は目立つ。この郷の中で噂になり、嗜好が知れてしまうのもある程度は仕方ないことだと諦《あきら》めねばならなかった。

「色子として抱かれるには薹が立っているんで、抱くほう専門にしようと思ったんで。顔だけでも見てくださいよ。うちは馴染みとかそういう決まりはないんで、一回こっきりでいいですし」

……面倒だった。

けれども、この日は投《な》げ遣《や》りな気分が心を支配しており、番頭の熱心な懇請にも根負けし、彩夏は「顔だけなら」と無表情に頷いていた。

「どんな男妓なんだ」

それに、こうして熱心に勧めるからには、さぞや素晴らしい男妓なのではないか。

「厳信の見立てだから、確かですよ」

「厳信の？　ならば確かに、信用できるな」

女衒の厳信は、親友で義兄弟の聚星を東昇閣に売った人物として、桃華郷ではちょっとした顔だ。彩夏も聚星を通じて厳信と知り合い、親しく言葉を交わす仲だった。

「でしょう？　で、なかなか面白い経歴なんですよ。……ほら、あすこに」

番頭が指さした先には、雨上がりの道で子供たちと戯《たわむ》れる青年の姿があった。おそらくは妓女たちの子なのだろう。袍《ほう》を身につけた青年にまとわりつき、声を上げて笑っている。

それを愛しげに見つめる青年の横顔が、彩夏の佇む場所からも見えた。

均整の取れた長身に、すっきりとした、涼やかな目鼻立ち。切れ長の目に、高く尖《とが》った鼻筋。唇は薄く、穏やかな笑みを象っている。

いっそ麗しいといえる美男子なのにひどく違和感があるのは、青年の頭髪のせいだろう。

「僧侶ではないか！」

身分が低いかやくざ者、老人でもなければ、若くして剃髪《ていはつ》しているのは世俗との関係を断ち切った僧侶くらいのものだ。あの怜悧《れいり》そうな美貌の持ち主がごろつきとは考え難いし、僧侶と考えるのが当然だった。

「大丈夫大丈夫、元僧侶ってやつですよ。事情があって、寺から売られてきたんです。三日前に着いたんですが、うちでは生憎、教えられるような男妓が出局してましてねえ。それに実践で教えるなら、面白がってくださるお客さんに水揚げしてもらったほうがいいんじゃないかってことで。躰に問題はないんですが、自分でしたこともないってくらいの堅物でして」

確かにそのほうが、祝儀を弾んでもらえるし、商売にもなる。番頭の考えは、あながち間違ったものではなかった。

それにしても、斯《か》くも美しい男が僧侶だったとは、なんとも惜しいことではないか。

「ほら、鞠《まり》を拾ってごらん」

青年の涼やかな声は、孝陽とはまるで似ていない。

彼の表情は美しく、あたかも作り物のように清潔だ。

ぞくりと背筋が震えた。

同時に心臓がぎゅっと痛くなり、堰《せ》かれていた何かが心の奥からどっと押し寄せてくる。

この激しい感情は、怒りか、憎しみか……あるいは嫉妬《しっと》か？

自分がこうして泥の中を這《は》い回《まわ》っているのに、あの青年は未だにそれを知らない。そう思うがゆえの怒り、なのかもしれない。

知らず、彩夏は自分の右手を握り締め、爪《つめ》をきつく立てていた。

「名は瑛簫。あの聚星に目をかけていた彩夏さんにならお任せできます」

水揚げなど馬鹿げたことはやめてしまえ。面倒を抱えるだけだ。

そう警告する本能をよそに、彩夏は自然と口を開いていた。

「……いいだろう」

「ありがとうございます。では、早速支度をさせましょう」

一階にある酒楼に通されるときには、彩夏はもう後悔していた。

あの一瞬立ち上った熱い怒り、妬心《としん》。椅子に腰を落ち着けると、それらがすうっと冷めてしまったからだ。

卓に着き、酒を頼んだ彩夏の前にすぐに壺酒《こしゅ》とつまみが運ばれたが、酒は喉《のど》を通らない。食欲もなく、彩夏は箸《はし》を持ち上げることすらしなかった。

馬鹿なことをしてしまった。

刹那《せつな》の衝動に駆られてものごとを決めるなんて、いつもの彩夏らしくはなかった。

確かに、この郷にいるあいだ、彩夏は彩夏でない人間として振る舞えた。しかしそれにしたって、先ほどのやりとりは、普段の自分を思うと常軌を逸しすぎている。

あの瑛簫という青年に、男の抱き方を教えなくてはいけないのだ。

いつもただ横たわって、聚星を身代わりに「義兄上」と呼ぶだけだったのに、そんな自分に他人に何かを教授できるのだろうか。

彩夏は長い黒髪を掻《か》き上《あ》げ、深々とため息をついた。

瑛簫の準備ができたらしく、「お待たせしました」と先ほどの番頭がすり寄って来る。

重い腰を上げた彩夏とは反対に、番頭は至極嬉しそうだった。

二階の階段のすぐ近くに、その瑛簫という男妓の部屋があった。

「ようこそいらっしゃいませ、彩夏様」

簾《すだれ》のそばに待ち受けていた瑛簫は、彩夏を見て深々と頭を下げる。

「どうぞこちらへ」

部屋の奥には帳《とばり》を下ろした牀榻《しょうとう》、そのすぐ前には酒を置いた卓子がある。楼では娼妓と夫婦になるという発想はないので、客は誰と寝てもよい。しかし、水揚げは特別なので、かたちばかりの酒盛りをして、固めの杯にするのだろう。

牀榻に腰を下ろすように言われ、彩夏は頷く。

黒の衫に着替えた瑛簫はその場に跪《ひざまず》き、手を突いてお辞儀《じぎ》をした。

「瑛簫と申します。私を選んでくださり、ありがとうございました」

「……いや」

あまり気乗りしないとも言えずに、彩夏は曖昧《あいまい》に頷いた。

青年は澄んだ瞳で彩夏を見つめ、にこりと笑う。

先ほど童子を相手にしていたときのように、曇りない目だった。

それが、彩夏の心をざわめかせるのだ。

「少し、お話をさせていただいてもいいですか」

「ああ、そういうことだったな」

いくらかたちばかりの儀式といっても、すぐに床入《とこい》りするのは無粋とされる。彩夏としても、まだ心の準備ができていなかった。

「身の上話をしてくれないか。おまえは僧侶だろう？」

「はい」

瑛簫は微笑し、そして口を開く。

「私の世話になっていた寺は、瑟《しつ》の郊外にあります」

瑟は陽都《ようと》でも北方にあり、楽《がく》のすぐ真上にあたる。隣国は玄武によって守られるとされる琴《きん》で、北方の他の国に比べれば農業が盛んで豊かな部類に入った。

「瑟は、私も何度か買いつけで行ったことがある。小麦の収穫の季節など、それは見事な光景を見られた」

陽射しを受け、風にそよぐ穂麦。眩しいほどの光景はまるで金色に光る海のようだった。

「はい」

破顔した瑛簫は、首を縦に振った。

「棄《す》て児《ご》だった私は、寺の住持に拾っていただきました。ですから、幼い頃から寺育ちです」

「では、遊廓のことなど知らないのか？」

「噂には聞いておりました」

田舎育ちの僧侶がこんなところに売られてくるとは、つくづく運命とはままならぬものだ。

「瑛簫、おまえはいくつになる？」

「十九、もうすぐ二十歳になります」

直《じき》に二十三歳になる自分よりは下だが、十代半ばで売られてくる少年少女が多い桃華郷においては、年嵩《としかさ》の部類になる。あの番頭が水揚げを急ぐのも頷けた。

「話の腰を折って悪かった。それで？」

「寺では六十年ごとに祠《ほこら》を新しく建て直す決まりで、その金を積み立てることになっていました。ですが、一昨年は凶作、周辺の邑々《むらむら》の者たちは貧苦に喘《あえ》いでおりました。そこで、養父——住持は積み立てた金を彼らに貸すことにしたのです」

彼は言ってから、彩夏の杯に酒を注ぎ足す。その仕種はぎこちなく、彼がこの郷にまるで馴染んでいないことを示していた。

「祠を建て替えるのは、一年先送りにしようということになったのですが、昨年の春の嵐で半壊し、それ以上の先送りはできなくなりました」

「それで？」

「寺領では少しばかりの作物の収穫もありますから、それを売る約束で、近隣の商人に借金をいたしました。が、昨年もあのとおりの凶作で……結局、返すことはできませんでした」

息を継いだ瑛簫の横顔に、暗い影が過る。

「借金の形《かた》に寺領を売れと言われたのですが、それは一時凌《しの》ぎにすぎません。畑がなければ、いずれ寺の僧侶は飢えてしまいます。それで、住持は寺のあらゆるものを売り払ったのですが、どうしても足りませんでした」

「……だから、おまえが売り払われたのか」

「私からお願いしたのです。どんなに安くてもいいから、この身を買ってくれるところへ売ってほしいと。ただ奉公に出るだけでは、まとまった金にはなりませんから」

あまりにもありふれた転落話に、彩夏は鼻白んだ。

しかし、そんな経緯で桃華郷に売られてもなお、瑛簫の目は明るく、濁りというものがない。それは彼が、この色町に浸りきっていないからだ。

汚れた泥水を啜《すす》っていないからだ。

「天帝に仕える道を捨てることに、後悔はしていないのか」

それにしても、おかしなものだ。

ここもまた神が作った郷だというのに、瑛簫が躰を売れば、天帝への奉仕の道は絶たれてしまう。なんとも矛盾した歪《いびつ》な世界ではないか。

「しておりません」

きっぱりと言い切る瑛簫の口調にも、躊躇《ためら》いはなかった。

心が、さざめく。

こんなにも真《ま》っ直《す》ぐな瞳に行き合うのは、久しぶりのことだ。

だったら、誰にも似ていないこの男に教えてやろうか。

金で躰を買うことの虚《むな》しさと、悔しさを。

ほかの誰にもできないというのならば、この自分が。

「ならば、つまらない話はこのくらいだ」

彩夏は言って、杯を卓上に置いた。かつん、と一際高い音が立ったのは、わざとではない。

「私が男を教えてやろう、おまえに」

「ありがとうございます」

丁重に頭を下げられれば調子が狂うが、戸惑っている場合ではない。

無意識に口許を手の甲で拭った彩夏は、顔を上げて瑛簫を見やった。

「まずは私の衣を脱がせてみろ」

「はい」

彩夏の前に跪いた瑛簫は、彩夏の衣の帯に手をかける。しゅるっと帯を解《ほど》き、やけにてきぱきと衣服を脱がせようとしたので、彩夏は「違う」と押しとどめた。

「こうするんだ、瑛簫」

膝立ちになった瑛簫の帯を解き、彩夏は彼の胸元に右手を差し込む。右手で彼の左の突起を通り過ぎながら肩をなぞり、ついで左手も同じように動かす。彼の両肩を摑《つか》んでそっと手を動かすと、男の衫がはらりと脱げた。

淫蕩《いんとう》な手の動きに、彼がぽうっと頰を染める。まるで色づいた果実のようだ。

「どうだ?」

男の顔を覗き込むと、瑛簫は驚いた様子だった。

「これくらいの技は、おまえができるようにならなくてはいけない」

「驚きました」

「はい」

単《ひとえ》になった彩夏は、「やってみろ」と促す。

頷いた瑛簫が彩夏の真似をして淫《みだ》らさを帯びたやり口で単の片膚《かたはだ》を脱がせると、その拍《ひょう》子《し》に、彼の冷えた手が無造作に乳首を撫でた。

「っ」

「彩夏様？」

「続けろ」

「はい」

もう片方も同じようにされて、弾みで擦《こす》れた乳首がつんと痛んだ。

「綺麗な膚ですね。触れると、湿っているようです」

「口は上手いな」

彩夏は冷たく答えた。

「そんなつもりでは……」

「手が冷たい。瑛簫、客が驚くだろう？　手はあたたかくしておけ」

「わかりました」

同意する瑛簫の手を摑んで、彩夏はその指に息を吹きかける。

「そ、そんなに冷たいですか」

「不快だ」

「すみません、彩夏様」

困ったような顔で瑛簫は呟き、頭を下げた。

そこで照れ笑いも愛想笑いもしない瑛簫の不器用さに、彩夏は苛立《いらだ》ちを覚える。

「手がだめなら口を使え」

「口を？」

「これを、舐《な》めてみろ」

乳首とは言いだしづらく、横たわった彩夏は自分の胸を彼に指し示す。

「はい」

神妙な顔の瑛簫が彩夏に覆い被さり、申し訳程度に乳首に触れさせた舌を動かしたので、彩夏は「違う」とぴしりと言った。

「え？」

「もっと、ここを……強く舐めろ」

「強くって……この紅いところを？」

直接的に問われると、やたらと羞恥《しゅうち》が募る。ほかの男妓ならば知識が豊富で、そんなことを聞いたりしないだろう。無知というのは、つくづく考えものだ。

「そうだ。たくさん舐められると、気持ちが……」

よくなる、という恥ずかしい言葉を皆まで言えず、彩夏は何となく呑み込む。

「わかりました。——こうですか？」

まるで初めて飼い主を知った犬のように、瑛籥は忠実に乳首を舐《ねぶ》った。

「そうだ。次は軽く噛んで。軽くだ、そう……あっ」

「えっ⁉」

彩夏の声が跳ね上がった途端、驚いたように瑛籥が顔を離したので、彩夏は心中で呻《うめ》く。

「彩夏様？　今のは？　痛かったですか？」

「…………」

うぶなのも大概《たいがい》にしてほしい。答えようがないことを質問され、彩夏は押し黙るほかない。

「あの、彩夏様？　どうでしたか？」

「……よかったんだ」

消え入りそうな声で、彩夏は告げた。初物は珍重されるのかもしれないが、度を過ぎている。これでは自分が羞恥を与えられているようで、ひどく倒錯的な気分にさせられた。

「よかった、とは？」

「気持ちがよかったら、ああいう声が出るんだ。そんなこともわからないのか？」

「知りませんでした」

大きく頷いた瑛簫は、確かめるようにもう一度そこを嚙む。

「ここを弄《いじ》られると、いいのですね？」

瑛簫の舌は大きく肉厚で、力強く動く。舌端《ぜったん》で乳首を押し潰《つぶ》すのも、すぐに慣れたようだ。

「そうだ。ほかにどうすればいいのか、自分で考えてみよ」

「……では」

そう呟いた瑛簫は、いきなり彩夏の乳首を親指と人差し指で挟《はさ》み、軽く抓《つね》った。

「ッ！」

突然のことに、また無防備な声が出てしまう。彼は乳首を指で挟んで転がすように捏《こ》ねると、今の蛮行を慰めるようにもう一度丁重に舐めた。

「や、やめ……」

「はい」

いきなり彼が顔を上げたので、彩夏は「違う」と尚《なお》も顔を赤らめたまま言う。

「何がですか？」

「やめろというのは……やめてほしいわけじゃない」

息を整え、彩夏はそう告げる。

「え？　そうなのですか？」

「……そうだ。気持ちいいことが嫌いな人間は、いないはずだ」

自分が、とは言えないので、彩夏が照れ隠しに一般論で誤魔化すと、瑛籥は「はい」と大きく頷いた。

「では、今度はこちらを」

「かしこまりました」

「好きにやってみろ…ッ……あ、っ……待て……！」

いきなり軽く吸われて、彩夏は仰《の》け反《ぞ》った。何も知らないはずの瑛籥は頭の回転が速いらしく、妙なところで応用力があるようだ。

「だめでしたか？」

「…い、から……続けろ……」

「ええ」

快楽を生み出す課程を一度解体し、学んだ瑛籥は、自分なりに彩夏の肉体に奉仕をしようと試みていた。復習のつもりか、乳首を弄る一つ一つの行為は丁寧で、おまけに彼なりに工夫を加えている。瑛籥は彩夏でさえも予期せぬ強さで、こそぎ取るように乳首を舐めたかと思うと、それを唇で押し潰し、軽く嚙んだまま舌先で擽った。

もともと乳首は弱かったので、弄られているうちにかっと体温が上がってくる。躰が汗に濡れ、彩夏の心臓は激しく脈を打ち始めた。

「あ、っ……く…っん……」

気持ちがいい。

信じ難いことに、いつもの冷ややかな仮面を、被っていられなくなりそうだ。

「待っ…や、あっ……！」

待てとやめろというのは、意味のない睦言《むつごと》だということも、瑛簫は既に学んだらしい。

彩夏がどれほど訴えても、最早瑛簫は止めようとしなかった。

瑛簫のぬめった舌は、彩夏の快楽を探るように躰のあちこちで蠢《うごめ》く。とうに人膚の温度になった指がそろそろと表皮を這い、もう一方の乳首をつんと引っ張った。

——ところが。

「あ……申し訳ありません」

それまで熱心に愛撫《あいぶ》を遂行《すいこう》していた瑛簫が唐突に顔を離し、謝罪を口にしてきた。

「なに……？」

「彩夏様の乳首を、こんなに赤くしてしまった。痛くありませんか？」

そっと指先でさすられて、痺《しび》れるような甘い刺激が背筋に走った。

「——馬鹿……」

思いがけずますます羞恥心を煽《あお》られて、頬が燃えそうに熱くなる。

こんな男の水揚げを手伝うと言った自分が、愚かだった。常識知らずにも、ほどがある。

でも、引き受けてしまった以上は仕方がない。

「胸は、これでいい」

息を整えつつ、彩夏は懸命《けんめい》に平静を装ってそう命じる。

しかし、次はもっと難関だった。

「今度は奉仕を教えてやるから、ここに座れ」

このままでは、翻弄されているのは彩夏のようではないか。このあたりで、手本を示すのと同時に、瑛簫の身に纏《まと》う妙な余裕を引き剝がしたかった。

「わかりました」

牀榻に座らせた男の前に膝を突き、彩夏はその下腹部を見下ろした。瑛簫の性器は体格に見合って立派で、これなら技巧さえ覚えれば多くの客を悦《よろこ》ばせるだろう。

見つめた瑛簫の躰には綺麗な筋肉がついていて、無駄なところが一つとしてない。それは腿《もも》や膝にかけての線にも現れており、彩夏はわけもなく好感を覚えた。

「あの、……」

「黙ってろ」

根元に舌を這わせた瞬間、「えっ」と彼が上擦《うわず》った声を上げた。

「黙ってろと、言った」

一度顔を上げた彩夏は瑛簫を見ずに告げ、再びそれを舌でなぞる。根元を基点に尖端《せんたん》までをねっとりと舐め上げると、感極まったように瑛簫が息を吐き出した。

「は…っ…」

彩夏は奉仕は上手いほうではないし、特に好きでもなかった。だが、義兄に奉仕をすることを想像しながら、何度か聚星にさせてもらったことがある。

聚星に仕込まれたとおりの作法で、彩夏は顔を動かした。

なるべく唾液《だえき》を絡ませた舌で、男の性器を何度も往復させる。唾液でぬらぬらと光る性器は徐々に鎌首《かまくび》を擡《もた》げ、まるで薄い粘膜を被った蛇のようだ。

「どうだ？」

「気持ちが、いいです……信じ、られません…」

瑛簫の声が掠《かす》れ、彼の快楽を如実《にょじつ》に示していた。

「そうだろう？」

ふ、と彩夏は笑った。

次は瑛簫の楔《くさび》を尖端から横咥《よこぐわ》えにし、そのまま唇を滑らせる。

「う……」

声を漏らした彼を目を眇《すが》めて眺め、彩夏は満足を覚えた。

ひとしきり弄ばれただけで、瑛簫の雄蘂《ゆうずい》はすっかりそそり立っている。彩夏は今度はその尖端を唇を窄《すぼ》めるようにして咥え、顔を下げて呑み込んでいく。

「あっ！」

途端に声を上げた瑛篇のものが弾け、濃い液体を口腔《こうこう》に放たれる。彩夏がそれを受け止めかねて顔を離したため、男の精液が面にも飛び散った。

「すみません、彩夏様。何もかも初めてで……」

無言のまま彩夏は脇の卓に置いてあった手拭いにそれを吐き出し、自分の顔を掌で拭う。

「それくらいわかっている。早いな」

「あまりに気持ちがよかったものですから……申し訳ありません」

「よくするためにしているのだから、それで構わない」

主導権を取り戻した彩夏は力を失わずに脈動するものを見下ろし、皮肉な笑みを浮かべた。

快楽に耐性のない男というのも、面白いではないか。

さしたる技巧のない彩夏であっても、彼を堕落させ、澱《よど》んだ目に変えてしまうことくらいわけないいはずだ。

そう思うと、薄暗い昂揚《こうよう》が彩夏の心を満たした。

「最後のあれが、よかっただろう？」

「……はい」

「あれは、私の中に挿《い》れるのと同じくらいに、気持ちがいいはずだ」

「そう、なのですか？」

「ああ。あとで挿れさせてやるから、準備にここを解《ほぐ》せ」

彩夏は牀榻に上がると、四つん這いになって自分の双丘《そうきゅう》を示した。

瑛籥を墜《お》とすためだと思えば、羞《は》じらいは何とか押さえ込めた。じつは我知らず、彩夏も興奮していたのかもしれない。

「指でよろしいのですか?」

「そうだ。潤滑剤は?」

「特に用意はありません」

「……仕方ない。乾いたままでは辛いから、指はおまえが自分で濡らすんだ」

彩夏の言葉に、真剣な顔になった瑛籥が「はい」と首肯する。

瑛籥は自分の指を舐めてから、それが濡れているうちに人差し指を差し込んできた。

「…っ…」

いかに慣れているとはいえ、そこを解されることには毎回抵抗がある。

「動かないです、指が」

「…いい、から……もっと……拡げて……」

「でも、すごくきつくて、指が折れそうです。狭くて、ひどく熱い。大丈夫ですか?」

端的なことを言われて、あっという間に膨《ふく》れ上《あ》がった羞恥に脳が沸騰しそうになった。

「いい、から…ッ…」

もう一度彩夏はそう言って先を促したが、彼の感嘆の言葉は続く。

「ここ、粘膜はすごくやわらかい。さっきのあなたの口の中みたいだ」

感動した様子の瑛簫が、いきなり、指をぐるりと回した。

「あうっ」

指にまとわりついた肉が引《ひ》き攣《つ》れ、想像以上の快楽を彩夏に与える。

「やわらかいのにざらざらして、すごく複雑なつくりです。痛く、ないですか？」

「……平気、だ……そこに、いい…ところが……」

「いいところ？　痛いだけじゃないところがあるんですか？」

「うん…っ…」

頷いた彩夏の額には汗が滲《にじ》む。

「どこですか？　探すから教えてください」

「ン……さわれ…ば……言う……」

「はい」

瑛簫は人差し指を慎重に動かして、襞《ひだ》の中で違和感のあるところがないかを探っている。

襞を擦《こす》られるのはそうでなくとも気持ちがいいのに、瑛簫の仕種はとても丁寧で、彼の意図とは無関係に、彩夏の欲望を煽った。

「あっ！」

「彩夏様？　あの、もしかして……」

彩夏が躰を強張らせたところを、ついにここだと思い定めたのだろう。彼がその箇所をぐいぐいと押してきたため、彩夏は激しく身悶《みもだ》えた。

——たまらなかった。

「うっ……あ、だめ……あ、あっ……」

「やはり、ここですよね？」

「…馬鹿……言わせるな…ッ…」

彼は器用なたちらしく、彩夏の求めるところを的確に刺激する。息を切らせながら腰を揺すっているうちに、瑛簫が無言で指を二本に増やしてきた。

それもいいけれど、もっと太いのが欲しい。欲しくて欲しくて、たまらない。

大きくて熱いので中を掻き混ぜて、彩夏を感じさせてほしかった。

「彩夏様、気持ちいいですか？」

「ん……」

うっとりとした口調で彩夏は呟き、目を閉じる。

「あとは、何を？」

「もう、挿れて」

「挿れる？」

「おまえのを、ここに……」

彩夏が再び自分の臀《しり》を示したので、青年は「はい」と呟いた。

無知であるだけに、かえって、男の肉体を征服することに躊躇いはないようだった。

そこに男の性器が宛がわれ、彩夏は緊張に身を固くする。

「ゆっくり、するんだ」

「かしこまりました」

瑛簫の雄刀が、ぐうっとそこに埋《うず》められる。己の要求に応じて少しずつ入り込む逞《たくま》しい楔に、彩夏は「あ……」とあえかな声を発した。

大きい。

なのに、不思議と苦しくない。圧迫感もない。

寧ろ彩夏の躰を知り尽くしているかのように、瑛簫は静やかに彩夏の内側に身を沈ませていく。

「あう…んっ…」

こんなにすんなりと呑み込めるのは初めてで、彩夏は半ば陶然と喘ぎ声を漏らした。

「辛《つら》いですか？」

「ううん」

快《い》い……。

問われることに答えるのも面倒なほど深く、彩夏はその快楽を享受していた。指とは比にならないほどの、陶酔だった。

聚星がいなくなってからというもの、久しく彩夏が得られなかったものだ。なのに瑛篇は、斯くも容易に自分の躰に火をつけることができるのだ。

彼は彩夏を満足させうる技術も何も、持ち合わせていないのに。

混乱する気持ちのままに、彩夏は口を開いた。

「おまえは…どう、だ……?」

快楽に自然と息が零《こぼ》れ、口を閉ざしてはいられなかった。呼気と一緒に喘《あえ》ぎが断続的に溢《あふ》れるが、もう、止めようがない。

「気持ちいいです」

端的な返答だった。

「どれ……くらい？」

「とても気持ちよくて、頭がおかしくなりそうです。あなたにそんなに、苦しそうな顔をさせてるのに」

「馬鹿…っ…」

とうとう、彩夏は苦笑する。

「……気持ち、いいんだ、ほら……」

男の手を自分の性器に導いてやると、彼の大きな掌の中で、それがぴくぴくと震えた。

「よかった。——あとは、何を？」

ほっとしたように呟いた瑛籥は、またも真摯《しんし》な顔つきで問いをぶつけてきた。

「動いて。すごく、気持ちいいから」

「はい」

慎重に腰を動かした瑛籥が、背後で「えっ」と小さく呟く。

「どうした？」

「信じられない……気持ち、いいです。あなたの、中が……すごく、きつくて……」

瑛籥が快楽に酔った声で告げる。

「ふふ……」

それを聞くだけで嬉しくなり、彩夏の感度も更に上がるように思えた。

「こんなに、きつい、のに…、……まだ、中に……入る……」

瑛籥の声は掠れ、ひどく苦しげだった。だが、そこに確かな艶が滲んでいる。

未熟な男が自分の穢れた肉体でよがっている、そう思うと、無性に嬉しかった。

牀榻に這って男のものを受け容れつつ、彩夏もまた我を忘れかけていた。

「あ、あ、あっ」

「彩夏様？」

「いい、気持ち……いい、から……好きに、……」

「はい」

馬鹿正直に同意した男は、好きに動けという彩夏の意を汲《く》み、手加減をしなかった。

しかし、初心者だけにまるで息を合わせられず、ただ無闇に貫こうとするだけだ。

「…く、よせ、もう……やめろ！」

後ろからめちゃくちゃに突いてくるので、彩夏は振り返って男を睨《にら》んだ。

「何、か？」

叱咤《しった》され、漸く瑛篇が動きを止める。彼は顔を上気させており、額には汗が滲んでいた。

「もっと、こっちのことを考えろ。まず、私の反応を見て……」

息を整えた彩夏は、繋がったままで男を叱り飛ばした。

「はい。こう、ですか？」

「そう、もっと来て……奥……あ、っ、い、…そう、そうだ…っ…」

探るような動きは、次第に大胆なものに変わっていった。

いい……。

突いて、退《ひ》く。それだけのことなのに、瑛篇は彩夏の内部の動きを知り尽くしているかのようで、一度やり方を呑み込めば恐ろしく息が合った。

「あんっ、あ、あっ、あーっ、ああっ」

呻く彩夏の腰を摑み、瑛簫が衝《つ》き動《うご》かされるように腰を打ちつけてくる。

その激しさ、深さに、彩夏はもう息も絶え絶えだった。

何気なく首を捻《ねじ》ると身を屈めた瑛簫の顔がすぐそばにあり、彩夏は思わず男の唇に自分のそれをぶつける。

「ツ」

驚いたように瑛簫が目を瞠ったので、はっとした彩夏は急いで顔を離す。接吻なんて、本来なら娼妓でさえも許さぬ大切なものなのに、つい、してしまった。その後悔さえ吹き飛ばすように、瑛簫の動きがより熱を帯びる。

「彩夏…様、もう、……」

切迫した瑛簫の声が、ぞくぞくっと背筋を震わせる。どうしよう、すごく、いい。

「出して」

「出る…っ」

ねだるのと、彼が声を上げるのは同時だった。

本当はもう少し堪えてほしかったのだが、そこまで望むのは贅沢《ぜいたく》というものだ。瑛簫が彩夏の中に射精し、どっと熱いものが広がった。

達くことができなかった彩夏は、肩で息をつき、腰を揺することで男に抜くよう促した。

「下手だな」

彩夏の評価に、果ててしまった瑛簫は素直に項垂《うなだ》れる。

「……すみません」

「いいから、咥えろ」

「はい」

「指も挿れて。今、達けなかったから……」

「かしこまりました」

瑛簫はやけに従順に、性器を舐りながら指をねじ込んでくる。

「ん、そう……そこ、いい…っ…」

「ここ、ですか？」

「ん、んっ……あ、っ……ああッ！」

僧侶を墜とすという背徳感に刺激されたのか、彩夏はいつもより早く達してしまう。

放心しているうちに瑛簫がそれを何度かに分けて飲んだことに気づき、彩夏はぎょっとした。

「の、飲んだのか？」

「はい」

「馬鹿、どうして……」

「あなたの出すものだから」

瑛簫は微笑し、口許を拭った。

「二人でいられる限りは、あなたのすべてを受け容れます」

そんなことを言った男妓は、初めてかもしれない。

わずかではあったが、彼に対して好意的な感情が湧きかけたので、彩夏は急いでそれを押さえ込む。そして、厳しい声で言った。

「もう一度、してみろ。今度は別の体位だ」

「はい」

躊躇うことなく、瑛簫が首を縦に振った。


「…………」

窓にかけた緞帳《どんちょう》の隙間から朝陽が差し込み、あたりをうっすら照らしている。

彩夏よりも先に目を覚ました瑛簫は、自分を水揚げした客の美しい寝顔を見つめる。こういうときは興奮に眠れないものかもしれないが、心地よい疲労からぐっすり寝てしまった。

こんなに、綺麗な顔をしていたんだ……。

勿論、行為のあいだも何度か彩夏に見惚れてしまったが、新しいことを覚えるのに必死で感慨を嚙み締める余裕がなかった。それに、彩夏は顔を隠すようにしてこの瑞香楼に現れたのだから、彼のその美貌への認識が甘かったとしても仕方ないことだろう。

番頭から水揚げされると言われても、あまり実感がないまま行為に挑んでしまったものの、こんなに綺麗な人が、自分を一人前にしてくれるとは夢にも思わなかった。

雨《う》彩夏、か。

雨が夏を彩る——そんな意味のある瑞々《みずみず》しい名前は、彩夏にぴったりだった。

尤も、彩夏はつんと澄ましてあまり笑わず、閨で一瞬だけ乱れた。声を上げる彩夏の表情がやけになまなましく、その落差に瑛簫は驚いたものだ。

取り澄ましたような仮面が、刹那《せつな》、外れたのだ。

こんな麗人が遊廓に来るのだから、何か深い理由があるのだろうか。

考えないほうが、いいとわかっている。

深入りして詮索をしたところで、客である彩夏を不愉快にしてしまうのは自明だからだ。

だけど、彼は体温をくれた。意味のある時間を、瑛簫にくれた。

何よりもそれは、気持ちがよかった。

彩夏との行為は紛《まぎ》れもない快楽であり、瑛簫は心から満たされた。彩夏を満足させなくてはいけないのに、己が悦びを得てしまったのだから、彼には申し訳ないことをした。

「ん……」

彩夏の睫毛《まつげ》が小刻みに震え、彼がぼんやりと目を開ける。

自分ではない相手の名前を出され、心臓のあたりが痛くなる。

「聚星《しゅうせい》……？」

これは……何だろう？

普段の自分が感じたことのない、異様な感覚だった。

胸騒ぎか……いや、違う。もっとささやかなざわめきにも似たものだ。

嬉しいような、淋しいような、不可思議な気持ちだった。

「違います、彩夏様」

「あ、ああ……瑛簫か。すまぬ、間違えた」

涼やかな声で言われ、瑛簫は首を横に振った。

「いえ、支度をなさいますか」

「ん」

行為のあとは簡単に躰を拭いただけだったので、彩夏はまだ不快感が残っているようだ。

「お待ちください」

番頭に教えられたとおりに階下へ向かって湯を沸かしていると、二階から下りてきた先輩の男妓である想春《そうしゅん》がちらりと瑛簫を見やる。想春は男に抱かれるのが専門で、左手首には大きな傷が残っている。かつて違う店で間夫《まぶ》と刃傷沙汰《にんじょうざた》を起こしたときの怪我《けが》で、その療養で借金が膨れ上がったのだという。昔はさぞや美しい青年だったろうが、今となってはその容貌にも翳《かげ》りが見える。

「おはようございます、想春さん」

「……おはよう」

できれば無視をしたいと言いたげな態度をありありと醸《かも》しだし、想春は無表情に答えた。

それから、ふと気を取り直したように、こちらに顔を向ける。

「おまえ、水揚げだったんだってな。どうだった？」

棘《とげ》のある声で問われ、瑛簫は生真面目な顔で口を開いた。

「素晴らしい体験をさせていただきました」

「素晴らしい、体験？」

「はい。私があの方の愉しみにお仕えしなくてはならぬのに、申し訳ないです」

生真面目に答える瑛簫をまじまじと眺め、想春はいきなり噴き出した。

「想春さん……？」

「何だよ、おまえ……調子狂うな」

この楼に来て三日になるが、想春が笑うのを初めて見た。目許に滲んだ涙を拭った想春は、再び瑛簫をじっと見つめた。

「見た目もまだ僧侶だし……おまえみたいなやつ、どうしてこんなところに来たのさ」

「天帝様のお導きです」

「ろくでもない運命だねぇ、そんなの」

想春は軽くため息をつき、不思議そうに瑛簫を見やる。

「でも、おまえは荒んでないんだな。——できるだけ、ここに染まるんじゃないよ。染まっちまって抜けられなくなったら、ここは地獄だ」

「…………」

染まるも何も、自分は常に自分のままだ。そう簡単に変わるわけがない。想春の言葉が、瑛簫にはよく理解できなかった。

「仙人ってのも残酷なもんだ。天帝様が住まう山の麓に、こんな罰当たりなものを作っちまうんだからね……」

「想春さん」

「いいかい、瑛簫。この暮らしをやめたかったら、色と欲に溺れないことだよ。客を上手く転がして手玉に取って、金を貢がせるんだ」

その言葉には賛成しかね、瑛簫は無言になる。だが、想春にはその反応自体はどうでもいいことだったらしく、「それだけだ」と呟いた。

「さ、早く行きな」

「はい」

湯が沸いたので、瑛籥はそれを手桶《ておけ》に注いで階上の自分の部屋へと向かう。日当たりの悪い部屋で、彩夏は片膝を抱えて外を眺めていた。

「お待たせしました」

「ん……」

彩夏は手桶と手拭い、そしてその場に立ち尽くす瑛籥とを交互に眺めて無言になる。

「――あの……」

「出ていけと言うんだ、わからないのか？」

呆《あき》れた口ぶりだったが、意味を解するほど瑛籥は世知に通暁《つうぎょう》していない。

「お手伝いすることは」

「そんなものはいらぬ」

尖った口調にぽかんとしていると、彩夏が更に声を荒らげる。

「この馬鹿。寺は最低限の情操教育もしないのか？　私とて、恥ずかしいんだ」

「あっ！　申し訳ありません！」

狼狽《うろた》えた瑛籥が謝罪に頭を下げると、彩夏がふうっとこれ見よがしにため息をつく。

「いいから、外に出ていろ。終わったら呼ぶ」

「かしこまりました」

素直に頷いた瑛籥を見やり、彩夏が舌打ちをした。

――つくづく、調子の狂うやつだ。

瑞香楼から宿に戻った彩夏は、牀榻に潜りこんで昼過ぎまでぐっすりと寝た。

こうして起きてからもすることもなく、彩夏は郷の中を歩き回ることにした。桃華郷には娼館だけでなく、宿屋、風呂屋、定食屋に居酒屋などがある。ほかにも雑貨屋や仕立て屋なども揃っており、ここだけで生活をすることは難しくなかった。

店を冷やかしているうちに、何気なく瑞香楼の前を通りかかった彩夏は、子供たちのにぎやかな遊び声にふと足を止める。聞き覚えのある声が交じっている気がしたからだ。

思ったとおり、角を曲がったところに瑛簫がいた。

彼はやけに明るい顔で笑い、じゃれる子供たちをあしらっている。

屈託のない笑顔は、昨日とは変わらない。

どうして？

あんなに激しい情交のあとでも、色を覚えても、彼の世界は何一つ変わらないのだろうか。

なぜ彼は、以前と変わらずに笑えるのだろう？

胸の奥で、激しい火花が散った。

そこで初めて、物陰に佇む彩夏の視線に気づき、瑛簫が笑顔で近寄ってくる。

「おはようございます、彩夏様」

近くで見ると瑛簫はさすがに疲れているようだが、爽然《そうぜん》としたところは変わらない。

「疲れているようだな」

彩夏は冷然と皮肉を告げたのに、瑛簫は気づいていないようだった。

「はい、慣れないことをしたものですから。昨日は愉しんでいただけましたか？」

照れた笑いだったが、そこには媚びや嫌味がない。妙なところで清潔感があるものだと、
彩夏は寧ろ感心しそうになった。

「それなりに」

「よかった」

「誉めたわけではない」

瑛簫がやけに嬉しげだったので、彩夏は更にむっとした顔で駄目押しをした。

「でも、何もかも悪かったというわけではないようで、安心しました」

安堵《あんど》する様にどうしようもなく苛立った彩夏は、「また店に行く」と半ば勢いで告げる。

そうだ。もう一度彼と寝て、快楽とはどんなものなのかを、とっくりと叩き込んでやる。

そのために桃華郷にもう少し逗留《とうりゅう》しても、構わないはずだ。

「え？」

「昨日仕込んだ結果を知りたい。明日店に行く」

とはいえ、さすがに二日続けては彩夏も無理なので、一日空けることにした。

「わかりました。お待ちしています」

依然として爽《さわ》やかな態度の瑛籥に、彩夏は違和感と落胆を覚えた。

昨晩、翻弄《ほんろう》されそうになったのは彩夏のほうだった。

今日はもうできないくらいに疲労しており、汗も唾液もろくに出てこない気がする。

全身が、からからに干涸《ひか》らびてしまっているようだ。

躰にも相性があるというのなら、聚星とのそれはよかったはずだ。

しかし、瑛籥はそれを凌駕《りょうが》しそうなほどの、滴《したた》るような愉悦を彩夏に与えた。

昨晩、押し寄せる快感は彩夏の許容量を超えて何度も溢れ出し、彩夏はそのたびに達し、瑛籥に搾《しぼ》り取《と》られた。「義兄上」と呼ばなかったのに、あれほどの悦楽を与えられるとは思わなかったが、前歴が僧侶という真面目な男を穢せる悦びに昂《たかぶ》ったのだろう。

普段ならばここでやめるのに、後には退けないと思ってしまうのは、あんなうぶな男に搾り取られた自分自身への、そしてその当人への苛立ちが募るからだ。そして、柄にもなく彼に興味が生まれてしまったせいかもしれない。

どうして堕ちないのか。自分のこの不浄な肉では、彼を堕落させられないのか。

……不思議だ。

こんなふうに他人に興味を持つなんて、滅多にないことだ。聚星のことだって、自分はよく知らなかった。あんなに何度も膚を重ねたというのに。

「世話になったな」

旅支度の彩夏は宿屋の主人に声をかけ、帳場で支払いを済ませる。

「またいらしてくださいまし」

主人の言に頷いた彩夏は、そこでふと足を止めた。

「もう四年もここに通っているのだな、私は」

「はい。本当ならば、もう来ないでほしいところなのですが……」

言い淀む主人の顔に、年齢相応の疲労を見て取り彩夏は眉を顰める。

「なぜ？」

「いつまでもお一人というのは、淋しゅうございますからね」

忌憚《きたん》のない主人の言葉に、彩夏は「かもしれぬ」と笑った。

「だが、男同士は禁じられていないというだけで……結婚もできまい。私は……」

言《い》い淀《よど》みかけたところで主人は自分が踏み込みすぎたことに気づいたらしく、首をわずかに振ることで会話を打ち切った。

「差し出がましいことを申し上げてすみません。また、元気なお顔を見せてくださいまし」

「ありがとう」

彼の言いたいことは嫌というほどわかるので、立ち入った話題になったとしても咎める気持ちはなかった。

郷に馴染めば馴染むほど、ここの住人の複雑な心理に触れてしまう。彼らは外界の客を喜んで迎え入れつつも、そこに染まることをよしとはしない。彼らにとって、客はあくまで一時だけここに訪れる客。生涯を寄り添ってくれる存在には、決してなり得ないのだ。

だから、互いの関係は通り一遍のものでしかない。

そうした関係の集合体で成り立つのも、遊里という場所の特性なのだろう。

「ではな」

「お気をつけて」

一礼した宿の主人に送り出され、彩夏は足早に大門へと向かう。丹塗りの門を珍しく郷の内側から感慨深く眺め、近づいていった彩夏は、門の袂《たもと》にいる青年に気づいた。

「彩夏様」

「……瑛簫」

郷から逃げる遊妓は殆どいないので、彼らは郷の中を自由に歩き回ることができる。しかし、どうしてこんなところにいるのかと驚く彩夏に、瑛簫はにこやかに笑った。

「遠くからいらしたと番頭さんに聞いたので、お見送りをしようと思ったんですよ」

「躰が資本なのだから、寝ていたほうがいい」

驚きが消えたあとに、彩夏はごく常識的な返答をする。それを労《ねぎら》ってやれるほど、可愛げのある性格ではなかった。

「でも、もう会えないかもしれませんから」

依然として笑みを消そうとせぬ瑛簫を、彩夏は珍しいものを見るような顔で凝視した。

こんな男妓は、初めてだった。

「そうだな、おまえをもう買うつもりはない」

「では、二度もあなたに触れられて幸せです」

「…………」

胸がずきんと疼くように痛み、彩夏は思わず顔を上げる。

瑛簫の瞳には、見たこともないような鮮やかな光が宿っていた。

それは計算か。打算か。誠意のあるふりをしているだけではないのか。

彩夏は相手の真意を見抜こうと目を凝らしたが、そんなものがないと直感する。何よりも、閨で実感した。この男にそんな器用さはないと。

だからこそ、並の人間であれば、その誠実な心根に感動していたことだろう。

だが、彩夏は違う。商売人がそう簡単に心を動かされるわけがなかった。

「一人一人にそんな真似をするつもりか？」

「わかりません。それに、この先私を買ってくれる方がいるかどうか」

「いなければ困るだろう。いくら金をもらったとしても、客は客だ。いずれ客も増えれば、躰にも心にも響くというもの。やめておいたほうがいい」

視線を彼の顎のあたりに戻し、彩夏は冷たい口ぶりで告げた。

「心配してくれるのですか？」

「な……！」

彩夏は一瞬感情を逆撫でされかけ、小さく舌打ちをすると瑛簫を睨みつけた。

「そうではない。私は男妓としての心構えを……」

「有り難いお言葉、痛み入ります。でも、私はこうしたいのです。こういう男妓でありたい」

口調こそやわらかかったが、彼はまったく後に退かなかった。

「ならば、勝手にするがいい」

「はい」

くるりと踵を返した彩夏は、振り返るまいと心に決めて歩きだした。

嫌な男だ。気持ちが悪い。不愉快だ。

どうしてこんな男に手を出してしまったんだろう。

孝陽は勿論、聚星にも似ていない。

その清廉さを穢してやりたいと思ったことを、瑛簫自身に見透かされていたのかもしれない。すべてを柳に風とばかりに受け流され、ますます腹が立った。

もう、瑛簫などと二度と寝るものか。絶対にあいつのことなど思い出してやる気はない。

二晩彼と寝たことを思い出して彩夏は苛立ったが、微かに首を振った。

今、決意したばかりじゃないか。瑛簫のことは、もう考えないと。

あんなやつのことは、忘れてしまうのが一番だった。


「ああ、彩夏。帰っていたんだね」

仲間たちとの会合から帰り、何気ない様子で帳場を覗いた孝陽は、そこに彩夏がいることに対して明らかにほっとした表情になった。

「義兄上こそ、お帰りなさい」

彩夏は筆を置き、立ち上がって義兄を迎え入れた。

「一月ぶりなのに、おまえを迎えられなかったのは残念だ」

「私のことは気にしないでください」

彩夏は表面上、唇を綻ばせる。

欲望を吐き出して落ち着いたこともあり、今日はこうやって取り繕うことは難しくない。

寧ろ、孝陽に久しぶりに会えることが嬉しく、自然と表情がやわらかなものになった。

そんな彩夏を、孝陽は眩しげに見つめる。

「義兄上、思っていたよりも長逗留してしまって申し訳ありません」

実際には予定より三日延びただけだったが、手紙を出しても自分のほうが先に着いてしまうと予測し、取り立てて連絡をしなかったのだ。

「いいんだよ、彩夏」

「土産になればと思い、珍しいものを買ってまいりました。こちら、郷の娼妓のあいだで流《は》行《や》っているとか」

彩夏が箱から取り出したのは、娼妓たちが髪を結わえるのに使う絹布《けんぷ》だった。細い絹布には宝玉が模様のように刺繍され、きらきら光る。これで思い思いに髪を結い、飾り立てることが娼妓たちの心を操るようだった。

「おや、素敵じゃないか。衣装と色を合わせると、さぞ映えるだろうね」

「はい。衣装と一緒に注文すれば、揃いで売ることもできそうです」

「なるほど、それはいいね」

「義兄上、私は来月には世越《よえつ》のもとへ行くことになっています。そこで試しに注文してこようと考えているのですが、どうでしょうか」

北方の瑟との国境に古くから取引をしている農村があり、そこの世越という男が経営する工房では絹布の染色から縫製までを一手に引き受けている。依頼をすれば、彩夏が望むような艶やかな衣を作ってもらえることだろう。

「勿論、世越の工房に関してはおまえに任せるよ。どんなものにしたいんだい？」

「女性向けに派手な赤の衣を。裾《すそ》には貴石をちりばめたいのです」

彩夏は思わず、手にした筆を走らせてすらすらと衣の意匠を書きつける。

「ああ、素晴らしい！」

「これはただの落書きです」

感嘆する義兄の目からそれを隠そうとしたが、孝陽が常になく強引にそれを取り上げてしまったので、より子細まで見られる羽目になって恥ずかしくなる。

「いいや、彩夏。おまえは素晴らしい感覚の持ち主だ。これを身につけた女性たちは、きっと美しいだろうね」

孝陽は嬉しげに言いながら、その垂れた目を一層細める。

「おまえには美しいものを見抜く才能がある。羨《うらや》ましいことだよ」

「いえ……私はただ、好き嫌いが激しくて、好みに合わぬものは排しているだけです」

「おまえが？　そんなことはないだろう？　いつも淡泊で、家族としては心配になってばかりなんだよ」

それは自分が狡猾《こうかつ》で、己の本心を隠すすべに長《た》けているだけだ。

「だけど今日は、いつもよりずっと綺麗だね。もしかして、桃華郷で気に入った人でもできたのかい？」

「……いえ」

「でなくては、長逗留もしないだろう？」

「違うんです」

彩夏は首を振り、仕方なく口を開いた。

「馴染みの娼妓が落籍されてしまって、なかなか敵娼になってくれる者がなく……」

彩夏の言い訳に、孝陽はばつが悪そうな表情になり、「すまなかったね」と謝った。

違う。

悪いのは、愛を金で買おうとしている自分だ。いや、愛は買えないから、その代わりを手に入れようと足掻《あが》く、見苦しい彩夏自身だ。

金で手に入るのはせいぜいかりそめの体温、それがわかっているのに、求めずにはいられない臆病で醜い自分が悪いのだ。

「でも、そんなに気に入っていたなら、おまえが落籍すればよかったのに」

「そんな金はありませんよ」

彩夏が苦笑すると、ふと、孝陽が真顔になった。

「彩夏、金のことなど心配しなくていいんだよ」

「……え？」

「おまえが本当に心を惹かれた人間と幸せになれるのなら、私にはそれが一番嬉しいんだ。金など、いくら出しても惜しくはない。もし桃華郷の者と一緒になることを世人にとやかく言われたくないのなら、よその町で暮らしてもいいんだよ」

孝陽の慈愛に満ちた声が、優しい顔つきが、彩夏にはひどく苦しい。

自分が好きで好きでたまらないのは、今もすぐにでも抱きついて唇をねだりたいのは、当の義兄なのに。素直に彼の愛を乞えない自分が惨めだった。

「娼妓だって、立派な仕事だ。偏見を抱いたりするつもりはないから、おまえが好きな人を連れてきておくれ」

「……はい、いつか……」

そんな日は、二度と来ないと知っている。

自分の心は、義兄に繋がれ、縛られている。

この呪縛《じゅばく》は、永遠に解けることがないのだ。

それが苦しい、苦しい……苦しい。

いっそこの苦しみのせいで、息ができなくなってしまえばいいのに。

4

「彩夏《さいか》様、宿はこちらでよろしいですか？」

北方にある世越《よえつ》の住む邑への旅は、そう大変なものではなかった。

慣れた旅路だったし、邑の人々とは顔見知りで気心も知れている。北国といっても楽《がく》との国境あたりならばそう寒くはなく、過ごしやすかった。

そういえばあの瑛簫《えいしょう》は、やはり北方の瑟《しつ》の出身だと言っていたな。

——また、思い出してしまった。

もう思い出さないように、そう心に決めているのに。

それだけ印象的な相手だったということか。彩夏は思わず自問する。

「彩夏様？」

もう一度御者に問われ、彩夏ははっと顔を上げる。

「あ、ああ、ここでいい。ありがとう」

「では馬車を入れてきます」

「そうしてくれ」

宿屋は幸いまだ二部屋が空いており、今宵はゆっくり休めそうだ。このところ御者と同室で彼の酷いいびきに悩まされていたので、一人で眠れるのは有り難い。

帰途に就いたばかりで阿礼《あれい》まではまだ遠いが、久しぶりに義兄に会えるのが嬉しかった。

宿屋の一階が酒楼を兼ねているので、そこで食事をしようとしたところ、「彩夏殿!」と呼びかけられてびくりと躰を竦《すく》める。

「彩夏殿ではないか」

倣岸《ごうがん》な調子で声をかけてきたのは、阿礼の商人で卓川《たくせん》という人物だった。

「お久しぶりです、卓川様」

鬚面の男はそろそろ老年の域に足を踏み入れかけているが、枯れたところはなく、それどころか常にぎらぎらしており、彩夏が最も苦手とする人物だ。彩夏を下に見て、普段からこちらの気持ちを無視してまとわりつき、不愉快千万だった。

「まさか、ここでそなたに巡り会えるとはなあ」

彼は心底嬉しそうに、にたりと笑った。

あたかも自分の膚の内側でさえも見通そうとするような粘ついたまなざしに、心から吐き気がする。生娘に向ける視線ならばまだしも、男である彩夏にあからさまな値踏みの目を向けるとはどういう了見なのか。

昔から、こうだった。

彩夏が何も気づいていないと思うのだろうか。

会合などに彩夏が義兄の代理で出向くと、卓川はいつもこの嫌な視線を向けてきた。

「ええ、珍しいところでお目にかかり、驚きました。――それでは」

「いいではないか、彩夏殿。少しゆっくり話したかったのだ」

彩夏は一瞬、無言になった。その隙を捉え、相手が更に畳みかけてくる。

「こちらはいい織物の産地ですからねえ。彩夏殿はどちらの邑に？」

こういう探りの入れ方にも、うんざりとさせられる。

彼は商売人としての嗅覚《きゅうかく》は今一つだが、人の成果を手に入れるのは上手かった。商機があると見るや、金に飽かせて、彩夏や孝陽《こうよう》が苦労して切り開いた仕入れ先や販路を根こそぎ持っていくことも一度や二度ではなかった。

なのに、先代からのつき合いや恩義があると、孝陽は卓川との関係を切ろうとはしない。

そのことがまた、彩夏の苛立ちを増す一因でもあった。

「あちこちにお願いしております」

彩夏はぴしゃりと言い、それ以上の詮索を許さぬ態度を取った。

「なるほど、手強いのう。では、代わりに酌をしてくれぬかな」

「……かしこまりました」

彩夏は壺を手に取り、男の杯になみなみと酒を注《つ》ぐ。

仕事の話でなければ、少しは耐えられる。そう思ったからだ。

「美しい髪じゃ、彩夏殿」

男の手が、彩夏の髪を一房摘《つま》む。

それだけで怖気《おぞけ》立ったが、彩夏は涼しい顔を装い、不快感を堪えようとする。

「年を経るごとに姉君に似るようだねえ。そなたは男だというのに」

「姉は姉で、私などよりもずっと……とても美しい人でした」

卓川が亡姉を追い回していたというのは、阿礼では有名な話だった。

彩夏は幼くてわからなかったが、結婚してからも卓川が妻に色目を使うので、孝陽も困っていたという話を聞く。その横恋慕を苦にした亡姉が、心労から躰を病んだという噂も胡徳《ことく》から聞いていた。それもあって、彩夏はこの恥知らずな男が嫌いでならなかった。

「ッ」

腿に手を乗せられて、今度は耐えきれずに彩夏は肩を震わせた。

「そなたは姉君そっくりだ。孝陽殿が後添《のちぞ》えをもらわず、そなたを手放したがらないのも、わかるものだ」

孝陽の話題に、彩夏の心に漣《さざなみ》が立つ。黙《だんま》りを決め込むつもりが、彩夏は口を開いていた。

「義兄が私を手放さないのではなく、私が勝手に留まっているだけです。どこにも行く当てがないものですから」

「おやおや」

卓川は含み笑いをし、今度は彩夏の手に自分のそれを重ねた。

じっとりとあたたかな掌に、吐き気がしそうになる。腿に触れられていたほうが、まだましだった。

ひどく不愉快だが、彩夏は懸命に平静を装う。

「それはまた、惜しいことだ。家を出て独り立ちするつもりがあらばいくらでもわしが援助するというのに」

「勿体《もったい》ないお言葉です」

定型を返して引き抜かれた彩夏の手を、男のこの歳にしては張りのある手が摑んだ。彩夏の顔色が優れぬことに、卓川は気づいていないらしい。その図々しさがまた、不快だった。

「嬉しいことをおっしゃいますな、彩夏殿。わしの援助が欲しければ、いつなりと店を訪ねるがよい」

「……はい」

「そのような、心配そうな顔をするものではない」

漸く彩夏の様子に気づいた卓川であったが、その言葉はやはり見当外れなものだった。

「ただの社交辞令ではないぞ。酔ったうえでの戯《ざ》れ言《ごと》でもない」

彩夏の膚を這い回る男の視線は、まるで蛞蝓《なめくじ》だ。ぬらぬらと自分の躰に痕《あと》を残し、縦横無尽に歩き回る。いっそ、その目に塩でもかけてやりたかった。

「明日は一緒に帰らぬか？　道中、珍しい店などお教えしよう」

「いえ、お手を煩《わずら》わせるのは本意ではありません」

丁重に彩夏は言い、首を横に振った。

「なに、少し寄り道をするだけだ。二日ほどかかるが、近場によい温泉があるのだ」

それを許可すれば、どのような面倒に巻き込まれるかわかったものではない。

「それに、生憎、桃華郷《とうかきょう》に用事があります」

「おやおや、顔に似合わずそんなところへ？」

彩夏は動揺しかけたが、男に追及されることを好まず、そのまま口を噤む。

本当は桃華郷に行かずに、真っ直ぐ帰るつもりだったのに。

行ったところで、何があるというのだろう？

ちらりと瑛簫《えいしょう》の顔が脳裏を過り、彩夏はそれをまたも打ち消した。

あんな生真面目な男が、桃華郷で長続きするわけがない。

それともとっくに薄汚れ、色と欲に溺れて俗に染まっているのか。

瑛簫が世俗にまみれたところを見れば、黒く醜い己の気持ちは晴れるだろうか。

桃華郷は一年中穏和な気候だが、時たま気温や天候の変化は訪れる。それは天候を司る神仙の戯れなのだという。

今日は冬に相応しく冷え込んだ一日で、昼を過ぎても気温が上がらなかった。

大門を潜って右手にある瑞香楼《ずいこうろう》を訪れた彩夏は、思わず足を止める。

折しも瑛簫が箒《ほうき》を持ち、入り口のあたりを掃除していたからだ。

「瑛簫……」

動きやすい筒袖の衣に短袴を穿《は》いたところは下男のようだが、かえって精悍な印象を増し、男妓の衣装よりよほど瑛簫に似合っていた。

「彩夏様！」

彩夏の視線に目ざとく気づいた瑛簫は、箒を摑んだ手を止めてにっこりと笑う。

彼の顔が喜びに輝くのを認めた彩夏は、思わず憎まれ口を叩いていた。

「そなた、まだこの郷にいたのか」

「そう簡単には辞められませんよ。借金がありますから」

汗を拭った瑛簫の表情は明るく、彩夏は自ずと目を奪われた。

「桃華山《とうかざん》に登るがいい。そこで神仙の目に止まれば、きっと道は見つかる」

忠告などする必要はないのに、ついそう口にしてしまったのは、男の笑顔が驚くほどに眩しかったのに動揺したせいだろう。

「いいえ。この仕事に就いたのも、天帝様のお導き。投げ出すことは性に合いません」

穏やかな物腰のくせに意外にも頑固なところはあるらしいと、彩夏は驚いた。

「ならば、誰かに買ってもらえたのか？」

「いえ、それは……」

瑛簫は言い淀んだ。

「さすがに誰もいないということはあるまい？」

「二人ほど」

「あれから二人だと？　つくづく筋が悪いな、おまえは」

彩夏はため息をついた。

これでは、最初に水揚げした者として責任を感じてしまう。

そんなことを気にしなくてもよいとわかっていたが、自分の力不足だと言われているようで腹立たしい。

「仕方ない、今日は私が買ってやる」

「よろしいのですか？」

瑛簫の表情が明るいものになった。

「でなくては、私の教えたことを忘れてしまうだろう？　それに、もう少し仕込む必要があるようだからな」

「ありがとうございます、彩夏様」

にこやかに笑う瑛簫はあまりにも屈託なく、彩夏はそれに戸惑いを覚えた。

普通、娼妓というのは次第にこの郷に馴染むにつれ、色と欲に染まっていきその事実を恥じるものだ。あるいは自棄《やけ》になる。なのに、瑛簫にはそれがない。

その理由は、まだあまり、彼が客を取っていないからなのかもしれない。

多くの客を取るようになれば、彼もきっと変わってしまうのだろう。それは今までに多くの娼妓を見てきた彩夏にだからこそ、わかることだった。

「まだ店が始まらないので、もう一度いらしていただいてもいいですか？」

「……ああ」

勢いでものごとを決めてしまうのは、これで二度目だ。瑛簫とは、そういう巡り合わせなのだろうか。

彩夏は楼の前にある茶店で、時間を潰すことにした。

「誰か」

店先には誰もおらず、声をかけても出てこない。仕方なく戸を開けた彩夏が茶店の中を覗くと、奥では男妓たちが集まって何かを話し合っている。

「それでどうだい、この色は」

「うーん……」

卓子に広げられたのは色とりどりの布で、どうやら行商人が生地を持ち込み、このあたりの男妓に売っているようだった。

「今日は休業か？　茶を飲みたいのだが」

「はいよ、ただいま」

一緒に布に見入っていた茶屋者が声を上げ、一度奥へ引っ込み、慌てて茶を持ってくる。

彩夏は出口に近い卓子に陣取り、供された茶を口に運んだ。

こんなつもりではなかったのに……後悔先に立たず、だ。

まだ掃除が終わらぬらしく、今も瑛簫は箒で丁寧にあたりを掃き清めている。

その腕にはしなやかな筋肉がついており、なめらかな動きに自ずと見惚れてしまう。

それにしても、あの男に抱かれた者が二人もいるのだと思うと、なぜか心中は複雑だ。

彼はほかの相手を抱くときも、清潔な顔をしていたのだろうか。

彩夏の膚に零した汗。その匂いと感触を、なぜだか今でも覚えてる――。

「すみません！」

「ッ」

唐突に声をかけられてはっと顔を上げると、利発そうな顔立ちをした目の大きな少年が、彩夏ににこりと笑いかけた。

どこかで見たことが、ある。瑞香楼の男妓だろうか。

「何か？」

「あの、この青いのとこっちの緑の、どっちがいいと思いますか？」

「………」

どうして自分が。そう思ったのだが、少年の黒々とした瞳はどこか瑛籥に似ているようだ。彼の期待の籠もった目に行き合うと、何がなんでも答えてやらなければいけない気がして、彩夏は渋々口を開いた。

「緑だな。おまえの黒髪によく映える。その青では、逆に顔色が悪く見える」

「そうなんですか？」

「ああ」

一言でいいのに、つい、よけいなことまで言ってしまい、彩夏は苦い思いに駆られる。

「知りませんでした。ありがとうございます！」

少年はぺこりと頭を下げ、再び男妓たちの輪に戻っていく。

「だめだよ、あの方に話しかけちゃ。怖い人なんだから」

「え？　そうなの？」

ひそひそという噂話が耳に届き、彩夏は苦笑とともに茶を口に運んだ。

「にぎやかですみませんねえ。あれは、瑞香楼の色子たちなんですけどね」

近づいてきた茶店の女将《おかみ》が、申し訳なさそうに笑みを作った。

「いいんだ。でも、瑞香楼の連中ならば、あの男は混じらないのか？」

彩夏が外で掃除をしている瑛簫を指さすと、女将は口に手を当てて笑った。

「ああ、元お坊さんね。そりゃ、お客がそれなりだから、新しい着物を買う余裕なんぞないんでしょうよ」

「流行っていないのか」

彼女は「まあ……」と言葉を濁し、そして続けた。

「あの頭じゃすぐに前の職がわかっちまうでしょ。何となく怖いんじゃないのかしらねえ」

「なるほど、そうだろうな」

それなりというのは、彼女の最大限のお世辞のようだ。少なくとも髪がもっと伸びるまでは、男妓として活躍するのは難しいに違いないが、伸ばすのも並大抵ではないだろう。

——だめだ、また瑛簫のことを考えている。

彼が上手くやろうが失敗しようが、そんなのはどうでもいいことだ。

今からでも、気が変わったと言って逃げてしまおうか。

けれども、心のどこかで責任を感じている。

彼をこの郷から追い出さなかったのは自分だ。もし本当に向いていないと思うのであれば、あの日に引導を突きつけてやればよかったのだ。

瑛簫に掻き乱され不快を覚えながらも、結果的にそうしなかったのは、彩夏の非だった。

「部屋はいかがですか、彩夏様」

緊張に、瑛簫の心はぴんと張り詰めている。

娼妓たるものは常に部屋も居心地よく整え、客を目から悦ばせること。

前回はそう彩夏に言われたが、金のない瑛簫には豪奢《ごうしゃ》な家具など購入できず、結果として掃除を丁寧にする以外になかった。

彩夏は殺風景な部屋をぐるりと眺めてから、口を開いた。

「綺麗だが、少し物足りないな。でも、あの花はいい。早咲きか？」

窓辺の一輪挿しに飾った真っ赤な椿《つばき》を指さし、彩夏は告げる。

「はい。先ほど手折《たお》ってきました」

瑛簫は弾む息を堪え、ぱっと表情を輝かせた。

店が始まるまでのわずかな時間で桃華山の麓まで往復したのだ。

「道理で、まだ生き生きしているな」

椿は魔除《まよ》けになるとも言われる、神聖な花だ。しかし、瑛簫がその花を手折ってきたのは、別の理由があった。

「あの花は、彩夏様に似合うと思ったのです」

「私に？」

「ええ」

一輪挿しから椿を抜いた瑛簫は、それを彩夏の髪の右の耳のあたりに差す。

思ったとおりだった。

一幅《いっぷく》の絵のように艶やかな様に、瑛簫はほうと息を吐く。

「とても似合う。綺麗です、彩夏様」

微笑んだ瑛簫を見やった彩夏は頬を染め、すぐさまぷいと顔を背け、「冷たい」と言った。

「え？　あ、私の手ですか？」

彩夏に触れる前に一度手に息を吐きかけたのだが、行き届いていなかったようだ。

「違う、水だ」

「申し訳ありません」

はっとして謝った瑛簫は、それをすぐさま耳から取り除いた。一輪挿しに戻した椿の花は美しかったが、彩夏の髪を飾るときのほうがもっと華やかな気がした。

気のせいか、掠めるように指先で触れた彩夏の耳は、とても熱かった。

「――いいから、始めてみろ」

牀榻《しょうとう》に腰を下ろした彩夏が命じたので、瑛簫は「はい」と大きく頷く。

本当はもう少し、彩夏と話をしたかった。

だが、彼が自分を買うのは世間話をするためではない。折角彩夏が、自分を再び買ってくれたのだ。どうあっても、彼を満足させなくてはいけなかった。

そう思えば、緊張から頰や口許といったあちこちの筋肉が痛くなってくる。

「では、接吻をさせていただきます」

瑛簫が強張った面持ちで言うと、彩夏がため息をついた。

「馬鹿か、おまえは」

馬鹿という言葉の意味を解せずに、瑛簫は生真面目に問う。

「馬鹿とは？」

「頭が悪いという意味だ」

「それは存じ上げております。どのあたりがでしょうか、彩夏様」

「いくら閨で男妓のすることが一つといっても、ものには言いようというものがある。それに、そんなことは言わずともよい。雰囲気を大事にせよ」

遊廓の流儀というものは、瑛簫にとっては未だにわかりにくい。

要するに、自分が無粋ということなのだろう。

「大体、接吻など、本当ならばしてはいけないことだ」

「そうなのですか？」

「おまえの店の番頭は何をしている？　どうして何も教えようとしないのか。まったく、その体《てい》たらくでは借金を返すのにどれほどかかるか……」

埒《らち》の明かぬ問答にむっとしたのか、彩夏は苛々《いらいら》とした様子で呟いた。

そんな彩夏はいつになく子供っぽく見えて、瑛簫はわずかに唇を綻ばせる。

——可愛い。

いつもは冷淡で落ち着き払っているが、その仮面が剝《は》がれたときの彼はとても可愛らしい。

とはいえ、それを伝えれば怒られるだろうとわかっていたので、瑛簫は黙っていたが、その微妙な表情を彩夏は見咎めた。

「何を笑っている？」

「申し訳ありません、彩夏様。続きを伺ってもよろしいですか？」

「そもそも唇は特別なものだ。たとえ桃華郷の遊妓であっても、そう簡単に許してよいものではない」

咳払《せきばら》いをした彩夏は、神妙な顔で言う。

「ならば、なぜ彩夏様はあの日、私にしてくださったのですか？」

「え？　あ、ああ、あれは弾みだ。接吻の方法を知らなくていいというものでもないからな。だが、おまえはあの程度で十分だ」

彩夏は一瞬、なぜか言葉に詰まった。

その理由が瑛籥にはわからない。

しかし、今は答えが出なかったとしても、情報として瑛籥に蓄積されていく。いつか、彩夏という存在を解くための鍵《かぎ》となるだろう。

「でも、彩夏様にとっても特別なものなのでしょう？」

「私の唇など、大して意味があるものか。金に飽かせて男を買う者の唇など、汚いだけだ」

「まさか！」

思いがけず強い声になってしまい、瑛籥ははっとして言葉を和らげた。

「人は誰もが皆、尊いのです。どうか、ご自分を否定なさらないでください」

「瑛籥……」

呟いた彩夏は、一瞬、激しい光の宿った目で瑛籥を睨んだ。

これまで寺で禁欲的に育ってきた瑛籥には読み解けない、なまなましい表情だった。炯々《けいけい》と光るその瞳。彼がそんな目をする理由も、瑛籥には解せない。

彩夏という存在は、本当に謎だらけだ。

桃華郷に男を買いに来ながら、そのことを悔いている節がある。瑛籥に対して意地悪かと思えば、妙なところで親切だった。

だが、彼が己を卑下するほどに醜いとはまるで思えない。寧ろ、誰よりも麗《うるわ》しい。

彩夏は自分の顔を隠すように生きているが、華やかで整った顔立ちをしている。闇で乱れるときはその顔が見えるのが、密かに嬉しい。自分はこの人の佇まいが、好きなのだ。

「申し訳ありません、彩夏様。気を悪くさせてしまいましたか」

「そのとおりだ」

では、この感情は怒りだ。

怒りというものが、こんなにも人を美しくするとは知らなかった。もっと醜いものかと思っていたのに、美しい怒りというものもあるのか。

「おまえは……つくづく似ていないな」

「え？」

彩夏の以前の敵娼《あいかた》は一番人気の男妓だったと聞くから、彼に似ていないということか。

自分が誰かと比べられているという事実に、微かに胸が痛んだ。

瑛籥がちらと彩夏を見やると、彼は何かを言いたげな顔をしたものの、すぐに首を振った。

「とにかく、おまえは向いていない、こんな仕事」

「そうでございましょうか？」

首を傾《かし》げる瑛籥に、彩夏は「自覚もないのか」と尖った声で言った。

「本当に、これでは先が思いやられる」

「けれど、もう教えていただくことは……」

ひととおりのことは彩夏に習ったし、これ以上の指導を頼むことはできない。自分は男妓である以上、客を満足させねばならない。瑛篇はどうせこのあと客を取れないので時間を気にする必要はないが、本来は遊廓というものは時間制なのだ。あまり長い時間彼を引き留めれば、その分、金がかかってしまう。かといって今の瑛篇には、身上り——自分の借金を増やしてまで彩夏を引き留めることはできなかった。

「この状態で、ないと思っているのか？　おめでたいものだ」

彩夏はわずかに声を荒らげた。

「彩夏様を愉しませるのが仕事です」

「よくも大きな口を叩けるな。教えることは山ほどある。それに、なんとかしておまえを売れっ子にしなくては、私の気が済まない」

「そうなのですか？」

「そうだ。これではまるで、おまえを仕込んだ私が無粋な人間のようではないか」

彩夏は一人ごちると、瑛篇を睨んだ。

「手を」

「あ、はい」

頷いた瑛篇の手を取り、彩夏は不意に瑛篇の指にその唇を押しつける。

「ッ」

驚いた瑛篇が声を漏らすのも気にせぬ様子で、彩夏は指を貪ってくる。瑛篇はかたちばかりの抵抗をしたのだが、彩夏の手管の前では観念したほうがいいと、やがておとなしくなった。

ただ指を舐められているだけだというのに、心地よい。

彩夏の舌はまるでやわらかな布、あるいは何かの生き物のようだ。

違う、これは内臓だ。

ぬるぬるして熱く、舌や粘膜が蠢《うごめ》く。

こんなに濡れた器官は、内臓のほかにない。人の躰をかたちづくる最も原始的な器官に触れているのだという錯覚に、瑛簫の脳はじんと痺《しび》れた。

息が、乱れてしまう。

どうしようもなく。

「……山ほどあるのが、わかったか？」

糸を引きながら顔を離す彩夏に、息を乱していた瑛簫は困惑した面持ちで頷く。

「多少は……」

「多少では困る。おまえは薹《とう》が立っているのだから、もっと熱心に学べ」

傲然《ごうぜん》とした口調さえも、彩夏のものであれば心地よい響きとなる。

「かしこまりました」

神妙な顔で瑛簫が頷くと、彩夏はふっと息を吐き出して少しやわらかな声で言った。

「おまえだってさっさと借金を返して、元の生活に戻りたいだろう？」

「元に戻る必要はありません」

「なぜだ？　諦める気か？」

怪訝そうに彩夏に問われ、瑛簫は首を振った。

「そうではありません。ですが、これが自分に与えられた試練なのだと思っています。どこにいても天帝に祈ることはできますから」

「綺麗ごとだな」

「事実です。それに、ここにいてあなたに会えました」

これほど美しい人は、ほかに知らない。

彩夏に会えば胸が震える。心が乱れ、躰が熱くなる。こんな感覚を、自分がほかの人間にも抱けるのかわからなかった。

また会いに来てくれたことが、何よりも嬉しかった。

「この郷でたくさんの人に出会え、私はこのさだめに感謝しております」

「……そうか」

彩夏は頷き、そして今度は瑛簫の頰に手を添えた。

「ならば今から私を愉しませてみよ、瑛簫」

「努力いたします」

「当然だ。せめて努力してもらわねば、金を払っておまえを買う私の割りが合わぬ」

瑛簫は頷き、彩夏の衣の帯を解く。以前教わったとおりの手つきで衣を脱がせると、彼は「覚えていたのか」とくすりと笑った。

綺麗、だ。

瑛簫の心に、波紋が広がる。

彼は、このように笑えるのか。

いつもはどこか取り澄ましたような冷たい表情ばかりを目にするので、目許を和ませてこんな笑い方ができるなんて知らなかった。

「え、ええ、初めて教わったことですから」

「記憶力だけは合格だな」

つんと澄ました顔で、彩夏が告げた。

もっと、知りたい。

たとえばこの人の膚の上のことだけでなく、そのもっと奥深くまで。

彩夏と出会って日は浅く、数度の逢瀬を重ねただけなのに、瑛簫はそう思う。

夜のあいだだけ姿を現す宵月のように、彼の姿は神秘的で摑みどころがない。だからこそ彩夏は、瑛簫を惑わせてやまないのだ。

膚を重ねたがゆえに眩惑《げんわく》されているのだろうか。

それとも……？

瑛篇は自分の疑念をひとまずは彼方《かなた》に押しやろうと、彩夏の膚に舌を這わせ、そこに接吻の痕を残していった。

# 5

注文の品を書き連ねた帳面を手に歩いていた彩夏《さいか》は、蔵から人の声が聞こえた気がして、渡り廊で足を止めた。

「うー……」

まただ。

どこからともなく呻《うめ》き声《ごえ》が聞こえてくるようだ。

そのまま廊下から庭に出た彩夏が蔵を覗《のぞ》くと、すぐに謎《なぞ》は解けた。

店で雇っている小僧の小倫《しょうりん》が、中二階で背伸びをして棚から箱を下ろそうとしているのが見えた。

その箱には、貴重な香木が入っている。

落としでもしたらとんでもないことになると、彩夏は蒼褪《あおざ》めた。

背伸びをした小倫は中指で何とか箱に触れていたが、そのせいで箱がぐらぐらと揺れている。埃《ほこり》がぱらぱらと落ち、彼の肩のあたりを汚していた。

「待ちなさい」

彩夏が声をかけたのと、小倫が体勢を崩すのはほぼ同時だった。

「あっ」

彼が落ちてきたので、彩夏は咄嗟《とっさ》に少年を抱き留める。大音響とともに彩夏と小倫は同時に床に転がり、小倫の腹の上にどさりと箱が落ちた。

「大丈夫か？」

「さ、彩夏様！　申し訳ありません」

じたばたと踠《もが》きかけた小倫は慌てて箱を抱き締め、彩夏の上から退いた。

「いや、怪我《けが》は？　足は捻《ひね》っていないか？」

座ったままの彩夏は、小倫の服の裾《すそ》についた綿埃《わたぼこり》を払ってやる。

箱の中身を確かめるべきだと言おうとしたそのとき、母屋から足音が聞こえた。

「何かあったのか！」

孝陽《こうよう》だった。

義兄《あに》は埃まみれの二人を目にして、さっと顔色を変える。

「彩夏！　小倫！　どうしたんだ、一体」

「すみません、孝陽様。お言いつけの香木を取ろうとして……」

「また踏み台を探すのを、横着したのか」

孝陽はそう言い、彩夏に手を貸そうとする。しかし、彩夏は差し伸べられた手をさりげなく無視し、自力で立ち上がると衣服の埃を払った。

一瞬、孝陽が不可思議な顔になったが、それを彩夏は見なかったことにした。

「小倫、私が踏み台を使えというのは、商品が壊れるのを恐れているからではないんだよ」

穏やかなまなざしで、孝陽は小僧を諭《さと》す。

「おまえたち店の者が、怪我をすることのほうがよほど問題だ。だから、安全なやり方をしてほしい。おまえの父親がどうして亡くなったか、忘れてしまったのかい？」

小倫の父は、買いつけに出かけた先の蔵で、雪崩《なだ》れてきた荷物に押し潰されて亡くなったのだ。そのことを思い出したらしく、少年の薄い肩がびくんと震えた。

「申し訳ありません、孝陽様」

「わかればいいんだよ。さあ、お行き」

「はい」

その前に少年は香木の箱を開け、ほっとしたように「よかった」と呟《つぶや》く。

中身は無事だったのだろう。

「義兄上は、相変わらずお優しい」

彩夏が呟いた言葉に反応し、孝陽が振り返った。

「優しくはない。私は臆病なだけだ」

「いいえ、優しいのです」

目を伏せる彩夏に手を伸ばし、いきなり、孝陽が頬《ほお》に触れた。

「何を！」

意表を突かれ、彩夏はびくんと顔を跳ね上げてしまう。

「埃がついているよ。驚かせてしまったかい」

どう、しよう……。

不意打ちに触れられたら、困る。

頬が李《すもも》のように、赤く染まりやしないか。心臓が早鐘《はやがね》のように脈打ちやしないか。

いつもはそれが不安なのに、今日の自分は意外なほどに平静だった。

最初に顔を跳ね上げた程度で、鼓動は乱れることもなく、笑みが強張《こわば》りかけるくらいで済んだ。

「ああ、すみません、義兄上」

なぜだろう――その理由は、意外なほどすぐに思い当たった。

瑛簫《えいしょう》に触れたから、普段はわだかまるばかりだった躰《からだ》の熱を、外に発散できていたのではないか。聚星《しゅうせい》のときと同様のはずなのに、瑛簫だとなぜか格段の効果があるようだ。

「どういたしまして」

微笑した彩夏は、孝陽の傍らをそっと通り過ぎようとして足を止めた。

何となく、孝陽の顔色が優れぬような気がしたからである。

「義兄上」

「何だい？」

今度は、孝陽が訝《いぶか》しげにこちらに顔を向ける番だった。

「何か心配でもあるのですか？」

「ん？　いや、その……これから卓川殿《たくせん》がおいでになる。もし嫌ならば、どこかにお遣《つか》いに行っておいで」

どことなく歯切れが悪かったが、義兄も卓川を苦手としているせいだろう。

「わかりました」

珍しく落ち着いて話ができたことにほっとし、彩夏は今の違和感を追及せずに、義兄の傍らを行き過ぎた。

帳場に戻る途中、別室から話し声が聞こえてくる。

「本当におまえは、そそっかしい」

胡徳《ことく》が、先ほどの小倫を叱《しか》りつけている声だった。

「うちは旦那《だんな》様があああして鷹揚《おうよう》な方だから、おまえみたいなうっかり者も置いてもらっているんだぞ。わかるか？」

「はい」

「まったく、おまえときたら旦那様のお気持ちも知らずに」

その素晴らしい旦那様に邪《よこしま》な思いを抱《いだ》く自分は、きっと地獄に落ちるだろう。

孝陽に触れられたあたりに、彩夏はそっと指を寄せる。

先ほどのぬくもりは、もう消えてしまっていた。

一刻も早く、義兄以外の人を好きになりたい。真っ当な結婚をして、義兄を安心させなくてはいけない。そのことが、彩夏にとっては常に大きな重圧だった。

この家にいられるのは幸福なはずなのに、一方でどこか息が詰まる。

不意に、何もかもさらりさらりと流してしまいそうな、瑛簫の涼やかな美貌《びぼう》が脳裏を過《よぎ》った。

彼の笑顔が懐かしい。

懐かしい？　納得しかねるが、懐かしさとしか呼べない、そんな感情が込み上げてきたのだ。

「小倫、そこの布を取っておくれ」

「これですか、彩夏様」

小倫が布を抱き締め、ぱたぱたと走ってくる。

「そうだ……こちらをあとで配達するよう、胡徳に言ってくれるかい」

「わかりました」

小春日和の日、新年の晴れ着をそろそろ注文しようという客で、店はごった返していた。それでも夕刻が近づくと客足が途絶え、一息入れようかと思った彩夏は、「よう」と呼びかける青年の声に振り返った。

「いらっしゃ……ああ、厳信殿《げんしん》」

意外な来客に、彩夏は微《かす》かに表情を明るくする。

「久しぶりだな」

女衒《ぜげん》の厳信は娼妓《しょうぎ》を売り買いする都合でこの陽都《ようと》中を旅しており、顔を合わせるのもせいぜい年に一、二回だった。こうして彼が店を訪ねてくるのは、初めてのことだ。

このところ店に来る顔馴染《かおなじ》みといえば卓川くらいのもの。しかも不愉快な相手と来ているので、あまり気分がいいとは言えなかったのだ。

厳信の来訪は、素直に嬉《うれ》しかった。

「本当に。お目にかかれるのは嬉しいですが、どうしてこちらに？」

「ふふん、じつは手紙を預かってきたんだよ、聚星から」

その名を出されて、彩夏はぱっと表情を輝かせた。自分でも驚くほどに、気持ちがふわりと浮き立つ。

「ほい」

彼の懐《ふところ》から取り出された文は少々よれていたが、彩夏はそれを恭《うやうや》しく両手で受け取る。

「ありがとうございます」

たとえ金の繋《つな》がりしかなかった相手とはいえ、消息がわかるのは嬉しいものだ。

「それより敬語なんてよしてくれよ」

「ですが、お客様相手なので……」

「ちぇ、なら仕方ねえなぁ」と、厳信は頭を掻いた。

「今夜は阿礼《あれい》に宿を取ったんだ。暇だったら、あとで一杯つき合ってくれないか」

「でしたら、我が家に泊まっていきませんか」

彩夏は表情を明るくする。

冬の陽射しは翳《かげ》りつつあり、もともと長身の厳信の影も更に長くなっている。この分ではそろそろ店じまいをしても問題ない時刻のはずだ。できれば厳信と、もっと時間をかけて話したかった。

「へえ……いいのかい？」

「勿論《もちろん》です。そろそろ店を閉める時間ですし」

「でも、お堅い商家なんだろ？」

「うちはもともと客人が多いので、どうかご心配なく」

それに、そうでなくとも彩夏の容姿は街中でひどく目立つ。下手《へた》に酒場などに同行し、義兄の商売仲間にちらとでも話を聞かれるのは厄介だ。特にそれが卓川の知り合いだったら洒落《しゃれ》にならない。

「じゃあ、お言葉に甘えようかな。宿に荷物預けたんで、取ってくるよ」

「はい。私は家人に酒を用意させます」

厳信とひとまず別れ、今宵《こよい》は急な客人があることを伝えに孝陽の元へ行くと、彼はひどく驚いた。客が多いとはいえ、これまでに、彩夏が私的に友人を招いたことはなかったからだ。

「申し訳ありません、勝手なことをして……」

「気に病むことはない。寧《むし》ろ、素晴らしいことだよ。おまえの友人に会えるなんて光栄だ」

孝陽は相好《そうごう》を崩す。

「折角だから、皆で食事をしよう。簡単な宴席の支度ならできる」

「いえ、それには及びません。私の部屋で……」

「なに、おまえの知己を歓待しなくては雨《う》家の名が廃《すた》る。まだ時間はあるし、いろいろ用意させよう」

狼狽《ろうばい》する彩夏をよそに、孝陽は手際よく采配《さいはい》をとってしまう。

義兄の前では厳信と腹を割って話すことなど無理だし、おまけに、下手をすれば厳信が女衒だと知れるのではないか。真面目な孝陽の反応を考えると、彩夏の心は騒いだ。

遊郭そのものや女衒という職業に嫌悪感を抱く者は、少なからずいる。とはいえ、孝陽がそういう偏見を持つ人物ではないのは普段の彼の言葉からわかるし、どちらかといえば驚き、彩夏の交遊関係を心底案じるだろうと予測がつく。これ以上、彼に心配をかけたくなかった。

彩夏の悩みをよそに、一刻ほどして厳信が店に戻ってきたときには、宴席のために使用人が忙しく立ち働いていた。

「ようこそ、厳信様。私は彩夏の義理の兄に当たる雨孝陽です」

「あ、いえ、俺のことは厳信と呼び捨てでいいんで……どうかお構いなく」

普段は傍若無人な鬚面《ひげづら》の男は、こうした扱いには慣れていないのだろう。困った様子であちこちに視線を投げ、彩夏に助けを求めているかのようだった。

「さあ、お座りを」

言われるまま、厳信は客間の椅子《いす》に腰を下ろした。小さな卓子《たくし》には茶器が並べられている。

まずは作法どおりに茶と茶菓子、水煙管《みずぎせる》などを勧めているあいだに、宴席の用意をさせる算段だった。

「厳信殿は、仕事は何を？」

「ぜ」

「商人です」

不作法と知りながらも、彩夏は急いで遮《さえぎ》った。

「厳信は、桃華郷《とうかきょう》で売るさまざまな品物を見て回っているのです。私とも郷で知り合いました」

「なるほど、では我々の商売仲間というわけだ」

「…いやいや、商売敵かもしれませんよ、孝陽殿」

一瞬、厳信は彩夏の顔を窺《うかが》ったが、深追いはしなかった。それどころか、きちんと話を合わせてくれる。

馬鹿げている。今更、何を糊塗《こと》しようとしているのか。

桃華郷に足繁《あししげ》く通っているくせに。職業というものが、厳信のすべてを示すわけではないと知っているくせに。

なのに、彩夏は自分だけがいい子でいたくて、取《と》り繕《つくろ》う。厳信の真心を踏みにじってまで。

「彩夏はよく桃華郷へ行っているようですが、この子の敵娼《あいかた》はどんな人かご存じですか」

「へえ、真面目そうなのに、お義兄《にい》さんも遊廓《ゆうかく》に興味があるんですかい？」

「まさか。心配なんですよ。それまで仕事一筋だった彩夏が、急に遊廓などと言いだしたものですから」

「なるほど」

含み笑いした厳信は頷《うなず》いて、茶菓子を口に放り込む。

「今の敵娼は、いい子ですよ」

「いい子？」

「ちょっと薹《とう》が立っちまってて変わってはいるが、将来性がある。彩夏さんは人を見る目がありますよ」

瑛籥は敵娼というわけではないが、話の流れからは彼を指しているのだろう。

それをどう受け取ったのかはわからないものの、孝陽は曖昧《あいまい》に頷いた。

「人望もあるし、店の皆とも上手《うま》くやってる。彩夏さんのおかげだって、本人も喜んでるんですよ」

「そうか……ならよかった」

ほっとしたように孝陽は微笑した。


宴会は結局、孝陽がへべれけになってしまってお開きとなった。

もともと義兄は酒に弱いのに、厳信が勧め上手で浴びるように呑《の》ませてしまったのだ。

彩夏は厳信を自室に招き、改めて酒の用意をさせた。

「綺麗《きれい》な部屋に住んでるなあ。さすが洗練されてるっていうのか」

彩夏の部屋は白い土壁に黒檀《こくたん》の家具でまとめ、それが落ち着いた印象を与える。華美なものはないが、どの調度も素晴らしいものであり、彩夏の趣味を端的に表していた。

「先ほどは助かった、厳信殿」

真面目な顔をした彩夏が頭を下げると、厳信は眉《まゆ》を顰《ひそ》めた。

「あ？」

「おまえの仕事の件だ」

「ああ、あれな。でも大きい括《くく》りじゃ俺も商人だろ？　嘘《うそ》はついてないぜ。品物を探して四苦八苦してるんだし」

「そうか」

彩夏はほっと表情を緩めた。厳信のおおらかさに感謝をしながら、白酒《はくしゅ》を彼の椀《わん》に注《つ》いでやる。それをぐっと呷《あお》った厳信は、目を丸くした。

「おや、こいつはずいぶんいい酒じゃねえか」

「ほんの御礼だ。手紙を届けてくれたからな。……聚星はどうしてる？」

「元気かつ幸せそうにやってるぜ。新居での暮らしぶりを伝えてもいいが、あいつらの惚気《のろけ》は甘すぎて、舌が腐りそうだ」

「それは羨《うらや》ましいな」

彩夏が心の底からの気持ちで告げると、厳信は「まったくだよな」と頷いた。

「厳信、おまえは所帯を持つ気はないのか？」

「ないねえ」

酒を呷り、厳信は陽気に言った。

「俺は一人がいいんだ。他人に対する情が生まれると、人を売り買いする気力が鈍っちまう。結婚して子供が生まれりゃ、人は情の塊《かたまり》になる。でも、情ってのは、娼妓には毒なのさ」

「……そうか」

女衒は厳信以外に知らないが、商売のやり方といい言動といい、彼は変わった男だと思う。だが、厳信は情が娼妓をだめにすることを理解している。だから彼は、妻帯せずに他人に必要以上に情をかけぬようにしているのだろう。その生き方は、潔い。

彩夏とは違う。

「――彼は……？」

舌先で留《とど》まっていた言葉を、彩夏は漸《ようや》く押し出した。

「彼？　聚星か」

「瑛簫だ。客はついてるのか？」

ああ、と榻《ながいす》に寝そべった厳信は大きく頷いた。

「苦戦中だよ。ま、買ってもらうのは難しいだろうなあ。瑞香楼《ずいこうろう》も、どうしてあんな男妓《だんぎ》を仕入れちまったんだか」

「自分で売ったくせに」

「おっとそうだった」

おどけた笑いを浮かべる厳信は肘《ひじ》で頭を支え、空いた手で器用に椀を口許《くちもと》に運び、旨《うま》そうに酒を啜《すす》る。

「けどな、あいつは僧侶《そうりょ》よりも今の生き方のほうが合ってる気がするんだよなぁ」

「そうか？　私は、寺にいたほうが幸せだったと思うが」

「だめだめ。寺にいたって、あいつは誰のことも救えないぜ？」

「あんなに真面目な男が？」

「真面目なだけだよ、あいつは」

そう言って、厳信は酒をぐっと呷った。

厳信にしては否定的な意見に驚き、彩夏は彼の椀に酒を注ぎ、聞き役に徹しようとした。

「あいつには我欲がない。だから、人の欲望を理解できない。欲だけじゃなくて、感情の機《き》微《び》ってやつもな。そんなやつに、人を救う手助けなんてできるもんか」

欲望が、ない。

確かにそれは、彩夏がうっすら感じていることでもあった。

瑛簫は穏やかで優しく誠実だが、裏を返せば、それはいつも淡々として執着がないということでもある。

がつがつとした出世欲や権勢欲がなく、風に流される柳の枝のように、右にも左にも撓《たわ》む。

だけど撓むだけで、すぐに元に戻る。

彩夏と関わったことでさえも、何の意味がないかのように。

彼の心には何も残らない。……何一つ。

それは瑛籥の心に、欲望や執着がないからなのだ。

「けど、桃華郷にいれば何かが変わるかもしれない」

「悪いほうにか？」

「いや、きっといいほうだよ。そうしたらあいつ、ものすごくいい男になると思うんだよなあ」

「おまえはつくづく人が好いな」

彩夏はため息をつく。

厳信ほど、彩夏は人の心根の清らかさを信じてはいない。

桃華郷は人の心を濁し、穢《けが》し、醜いものに変えてしまう。

その水に長く浸《つ》かっている遊妓《ゆうぎ》や女将《おかみ》という働き手は勿論、客も同じだ。

そのくせ、自分は違うと一線を引きたがる。義兄の傍らにいるに相応《ふさわ》しい人間でありたいと、見栄《みえ》を張ってしまう。

「——厳信、さっきはすまなかった」

声を落とした彩夏は、神妙な顔になって厳信に頭を下げた。

「あん？　何が？」

つまみの干した果実を頬張った厳信は、わけがわからないという様子で聞いた。

「おまえの職業を、正直に義兄に言わなかったことだ」

「ああ、またその話か」

遠慮なく右手を突き出して酒のお代わりをねだり、彼はにやりと笑った。

「助かったとは言ったが、謝っていなかった」

彩夏の理屈を聞いて、厳信はぷっと噴き出す。

「いいよ。本当のことだし、それに俺は安心したからな」

「安心？」

「投《な》げ遣《や》りになってない。あんたは真っ当な感覚を持ち合わせているってな」

「…………」

「本当は早く、桃華郷なんぞから足を洗えりゃいいんだけどなぁ」

自分が一番桃華郷から離れられない暮らしを送っているくせに、厳信はやけに親身だった。

「おまえは、優しいな」

「優しいやつは、女子供を遊廓に売り飛ばしたりしないさ」

「優しいから、売るんだろう」

強さと優しさがなければ、人間を売り買いする者は、心を失ったただの守銭奴《しゅせんど》になってしまう。だが、厳信にはそのいやらしさがない。

「そんなら、俺がいつか運命の人に出会えるように、天帝《てんてい》に祈ってくれよ」

「わかった」

彩夏は真顔で頷いた。

「でも……先ほどの話に戻るが、情熱を持った瑛簫など、想像もつかないな」

「だろ？　だからこそ、必要だと思うんだよな」

厳信の陽気な声が、彩夏の部屋いっぱいに響くようだった。


「……いい天気だな」

今日も、鬱陶《うっとう》しいくらいの快晴。

自室から外を見下ろした瑛簫は勢いよく立ち上がった。

寝台の下にしまい込んでいた箱には、身の回りのものが収められている。娼妓たちは誰もがこの箱を持っており、そこに生活のための最低限のものを入れておく。瑛簫もご多分に漏れなかったが、身繕いの道具と少しばかりの小遣い、そして小さな布包みしか入れていない。

その包みを取り上げ、折り畳まれた布を丁寧に広げると、華奢《きゃしゃ》な耳飾りが姿を現した。

「…………」

人差し指と親指で摘《つま》んで、耳飾りを光に翳《かざ》す。

石は深みがある蒼《あお》で、まるで故郷の湖のようだ。いつもしんとして静かで、その湖底には魔物が眠っているから石を投げてはいけないと、大人たちは子供に言い聞かせていた。

この蒼い宝玉が象眼された耳飾りは彩夏の持ち物で、先だっての逢瀬《おうせ》のときに彼が落としていったものだ。

そこに彩夏の体温など残されてはいないのに、つい、折に触れて取り出してしまう。

二月ほど前だ。磬《けい》からの道すがら桃華郷に立ち寄った厳信に、届け物をしに彩夏の住む阿礼へ向かうと言われ、瑛簫はこの耳飾りを託《たく》そうかと迷った。

だが、それだけはどうしてもできなかった。

耳飾りを返したら、彼に会うための口実が作れなくなりそうで。

所詮《しょせん》は自分は男妓、彩夏が瑛簫を買ってくれる気にならなければ、彼と顔を合わせることもままならぬ身の上だ。だからこそ、この耳飾りは最後の砦《とりで》だった。

会いたい。会って声を聞きたい。その髪に、頬に、膚《はだ》に触れたい。

三度の逢瀬で、すぐにわかった。彩夏はきっと本当は優しく、情に厚いのだろうと。彼は文句を言いつつも、瑛簫が一人前になれるように、彼なりに懸命に考えてくれるのは見て取れた。彩夏は姿形が美しいだけでなく、冷淡な仮面の下に優しさを隠しているのだ。

実際、彩夏を知っている厳信も似たようなことを言っていた。

だから、気になってしまう。

「似ていない」というあの日の彼の呟きは、誰かに似ていてほしいという願望の現れなのか。もしや、自分は誰かの身代わりなのだろうか。

――また、彩夏のことを考えている。

どうしてこんなに、彩夏のことが気になるのだろう……。

「……瑛簫。瑛簫、なに、ぼんやりしてんだよ」

不意に名を呼ばれ、瑛簫ははっと振り返る。そこには先輩の想春《そうしゅん》がいた。

「想春さん」

「背中、揉《も》んでくれる？　凝《こ》っちゃって」

「ええ、どうぞここに」

瑛簫は急いでその耳飾りを布で包み直し、それを箱にしまった。

無造作に袍《ほう》を脱いで単《ひとえ》になった想春は、瑛簫の商売道具の牀榻《しょうとう》に横たわってしどけない肢体を晒《さら》す。

「ねえ、瑛簫」

「はい」

「俺の躰をどう思う？」

「痩《や》せたように思います」

瑛簫が生真面目に返すと、掌《てのひら》の下で想春の躰が震えた。怒っているのかと思いきや、彼は小刻みに笑っている。

「馬鹿、そうじゃないだろ。綺麗ですとか、社交辞令くらい言え」

「わかりました。次からそうします」

「――おまえ、変なやつだなぁ……」

「よく、そう言われます」

この瑞香楼で、瑛簫はすっかり変わり者として定着していた。

顔立ちは端整なくせに、経歴が変わっているだけでなく、性格も妙なのだとか。

だが、それは己の持って生まれた資質なのだから仕方がない。

「まったく、寝技より数字や計算が得意な娼妓なんて聞いたことないぜ？」

「寺にいるときに、養父に任されていたものですから」

だからこそよけいに寺の窮状《きゅうじょう》がわかり、放っておけなかった。見て見ぬふりができずに、身売りすることを選んだのだ。

「人は見かけによらないよなぁ。おまえ、女将に結構気に入られてるし、下男から始めて番頭を目指したほうがいいんじゃないか？　顔も人当たりもいいんだからさ」

「ありがとうございます」

瑛簫は相槌《あいづち》を打ったが、番頭になるということは他人の売り買いを斡旋《あっせん》することでもある。

瑛簫は自分の躰を売ることにはなんら痛痒《つうよう》はなかったが、他人のこととなると、まだ、そこまでの覚悟は決まっていなかった。

「ま、最近は妙な色気も出てきたけどな。好きなやつができたんだろ」

「わかりません」

「どっちが？」

「どっちもです」

色気というのも好きな相手というのも、瑛簫にとっては理解し難い問題だった。

ただ、街に出ると娼婦《しょうふ》たちに声をかけられることが増えた。背が高くすらりとした瑛簫は、この郷では珍しく短髪ということも相まって、どこにいても目立つのだろう。

「だめなやつだな。……こら、そこ、もっと丁寧にやれよ」

「はい」

瑛簫は力を抜き、丁重に想春の腰を揉んでやった。

ちらりと見やった想春の顔は、疲労の色が濃い。

この頃の想春はいつも疲れており、膚《はだ》もすっかり荒れてしまっている。借金を返すために無理な客の取り方をしているという噂《うわさ》だから、躰がぼろぼろになるのも仕方なかった。

だが、瑛簫の概算では、想春があと数年で借金を返すことはどだい無理だとわかっていた。

「俺、いつになったら借金返せるのかねえ……」

呟いた想春に、瑛簫は本当のことを言っていいのか迷う。

その気配を敏感に読み取ったらしく、想春が「言ってみろよ」と流し目で瑛簫に視線を向けた。

「いいのですか？」

「遠慮なんておまえらしくない」

「今のままでは、死ぬまで無理です」

「何だと、この野郎！」

がばっと起き上がった想春が、信じられないほど俊敏に、瑛簫の襟首《えりくび》を摑《つか》み上《あ》げた。

あまりの力に、呼吸ができなくなる。

自分より遥《はる》かに華奢な想春に乱暴できないので、彼の肩を何度か力を入れずに叩《たた》くと、漸く想春が手を離してくれた。

喉《のど》を圧迫された苦痛からごほごほと咳《せ》き込《こ》む瑛簫に、想春は「悪い」と謝罪を口にする。

「い、いえ……」

「ここ、痕《あと》になっちまったな」

今の激昂《げっこう》が嘘のように、想春は申し訳なさそうに言った。

「いいですよ、どうせお客さんは今夜もいないでしょうから」

「ったく」

赤くなったであろう瑛簫の首のあたりを指先で辿《たど》り、想春が息を吐く。

「そのやる気のなさがだめなんだよ、瑛籥」

「やる気はあるんですが……性分なんですよ」

想春はくしゃくしゃと自分の髪を乱し、右足を牀榻から下ろしてぶらんとさせた。そのふてぶてしさが、いかにも彼らしい。

「――で？　何で俺が借金返すのが無理だって？」

「お酒を呑みすぎるからです」

瑛籥はずばりと言い切った。

「酒？　そんなの、どうってことないだろ」

「知ってのとおり、私たちが酒楼《しゅろう》で飲食するにも金はかかる。中でも最も高いのが酒代です。あなたはうわばみで深酒してしまうから、毎日、銀貨一枚分は呑んでしまう」

「………」

身に覚えがあるらしく、想春は黙り込んだ。瑛籥は暇で酒楼の手伝いをしていることが多いので、想春の行動をよく見ている。想春は仕事のあとに深酒するうえ、着道楽で衣装に贅《ぜい》沢《たく》をするから、金がまったく貯まらないのだった。

「早く借金を返したいのなら、寝具に金をかけるのがいいと思います」

「寝具？」

「客が一番長く触れているものですよ。居続けの客だったら、敷布や掛け布団が心地よいと嬉しいでしょうから。――これは彩夏様の受け売りですが」

「……おまえ」

ふっと呟いた想春は、続けてため息をついた。

「莉英《りえい》みたいなことを言うんだな」

「莉英？」

名前は微かに聞いたことがあるが、明確には覚えていない。なにしろこの桃華郷には何百人という娼妓がいるのだ。歴代の遊妓の総数は、何千人、何万人ということになるだろう。それをすべて覚えているのは、神仙くらいに違いない。

「蔡《さい》莉英。俺の昔の同僚で、窯子《ようし》から東昇閭《とうしょうりょ》の売れっ子にまで上り詰めた男妓だ。そんな男妓はあとにも先にもいないだろうってんで、みんなが覚えてる」

「綺麗な人だったのですか？」

「顔だけはな。性格は強烈だったよ」

想春もかなり印象深い性格の持ち主だが、そんな彼に言われるくらいなのだから、その莉英とやらはさぞ過激な気性をしていたに違いない。

「そんな顔するなよ。似た者同士って言いたいんだろ？　でも、あいつのほうが利口だったから、あっという間に落籍されて、桃華郷から出ていっちまったけどな」

「そうだったんですか……」

「俺はいつまでもここで燻《くすぶ》ってる。借金なんて返したって、行く当《あ》てはどこにもない。だから、死ぬまで飲んだくれてるのがお似合いだ。ここが窯子じゃないだけ、まだましだよ」

「窯子はそんなに酷いところなんですか？」

「そりゃあね。あそこにいる色子は、人間じゃなくて家畜だよ」

自嘲《じちょう》するような想春に、瑛簫は穏やかに慰撫《いぶ》の言葉を向けた。

「行き先のない人間なんて、いません」

「いるんだよ。どこにも居場所がない、幸せって網からあぶれて落っこちた人間はさ」

牀榻に座り込んだ想春は、膝《ひざ》を抱《かか》える。それがやけに頼りなく見えて、瑛簫は気の毒に思った。

「でも、私は今、想春さんがここにいてくれて嬉しいですよ」

「なに？」

「私のことを必要としてくれています。誰も買ってくれない男妓なのに」

それを聞いて、顔を上げた想春はおかしそうに笑った。

「おまえなあ……瑛簫のくせに俺を慰めようなんて生意気なんだよ」

「本当のことです」

はいはい、と想春は頷いて、改めて牀榻の上で座り直し、足を組む。

「そのうちおまえ、俺とだって売上げを競うんだぜ」

「私は抱くほうですし、そんな人気も出ないと思いますが」

物珍しさから自分を選ぶ客も稀《まれ》にいるけれど、次はない。未だに一番のお得意様は彩夏だった。

「それは、いかにも坊主って感じの髪のせいだ。もう少し伸びて結えるようになったら、客もたくさんつくよ。それこそ、捌《さば》ききれないくらいにさ」

「そうでしょうか」

「おうよ。おまえの好いてる相手が、焼き餅《もち》焼いちまうかもしれないな」

好いている相手、か。

咄嗟に瑛簫は彩夏のことを思い浮かべたが、彼が嫉妬《しっと》するところは思いつかなかった。

彩夏は瑛簫の腕の中ではひどく乱れるものの、たいていは毅然《きぜん》として冷ややかな面持ちをしている。そこまで感情的になるところなど、考えつかなかった。

「でも、焼き餅焼いてもらえるうちが、華なのさ。その時期を過ぎたらお互いに飽きちまう。もしそいつが好きな相手なら、絶対に手を放しちゃいけないよ」

立ち上がった想春は自分の衣を羽織ると、戸口へ向かう。彼は部屋から出る間際に、「ありがとな」と消え入りそうな声で告げた。

——どうしてなのか。

唐突に、彩夏に会いたくてたまらなくなった。きっと、今の話でよけいに彼のことをなまなましく思い出してしまったからだ。

会いたい。会いたい、すごく。

これが、恋しさというものなのか、瑛簫にはわからない。

けれども、彩夏の顔が見たい。声を聞きたかった。

今頃彩夏は、どうしているのだろう？

素直でないという点では、彩夏も想春によく似ている。だが、彼は想春のように自分の鬱《うつ》屈《くつ》を外に発散することがない。だから、桃華郷に男を買いに来るのかもしれない。

こんなことなら、手紙でも書いて厳信に託せばよかったろうか。しかし、男妓の自分が書いた手紙などやはり迷惑をかけるだけだと、瑛簫は考え直した。

彩夏が次に来てくれたときにも、自分を買ってくれるといい。

この耳飾りは大切な口実だ。できることなら、まだ使いたくはなかった。

# 6

取《と》り箸《ばし》で皿に炒《いた》め物《もの》を取り分けた彩夏《さいか》は、孝陽《こうよう》の顔色が優れないのを見て眉を顰めた。

「義兄上《あにうえ》？」

「…………」

「義兄上」

もう一度強く呼ぶと、孝陽がはっと顔を上げる。その表情はひどく昏《くら》く、一体何があったのだろうかと胸騒ぎがした。

「じつは、相談があるんだよ」

手を組み合わせて肘《ひじ》を突いた孝陽は、やはり妙に精彩を欠いている。彩夏は自分の立場もあって店の経営自体には加わっておらず、経理等は胡徳《ことく》と孝陽に任せていた。それだけに突っ込んだことはわからず、嫌な想像は尽きなかった。

「はい」

しかし、こうして折り入って相談があると言われるのは、不愉快なことではない。寧ろ、義弟としての自分を頼りにされているようで、誇らしくなる。

彩夏は表情を引き締めて、義兄を見つめた。

「何でしょうか、義兄上」

「今度の買いつけのことだ」

買いつけとは、例の北方――世越《よえつ》の住む邑《むら》のことか。

「今年初めての買いつけになりますね。三日後に出かけますが、何か変更がありますか？」

義兄は申し訳なさそうな顔で目を伏せ、薄い唇から言葉を吐き出す。

「じつは、それに卓川《たくせん》様が同行したいとおっしゃるんだよ」

「な……」

さすがに、二の句が継げなかった。

卓川のその手で、義兄はいつも痛い目に遭わされているのだ。

「もし嫌ならば、私が行こうと思っているが……どうだろう？」

「それは……」

「おまえを嫌な目に遭わせたくないからね」

拒絶したかったけれど、自分が耐《た》えることで義兄の役に立てる。

それに、義兄では今一つ頼りにならない。迂闊《うかつ》な真似をして重要な取引先を知られてしまうのは、得策とは言えなかった。

「私が行きます」

「いいのかい？」

「はい。義兄上が留守をしてはこの店は立ちゆきませんし、世越の邑ならば私も慣れております。どうかご心配なく」

不安はあったが、仕方がない。

彩夏は口許に微かな笑みを浮かべ、そう告げた。


「もっと近くに寄ったらどうかね、彩夏殿」

「こちらで結構です」

馬車の荷台においてさえ、彩夏に手を出そうとする卓川のいやらしさが気色悪く、吐き気がしそうだ。買いつけはそれぞれの店で別の馬車を仕立てていたが、卓川は彩夏と同じ馬車に乗りたがり、そこまでは拒めなかった。

「顔色が優れないぞ。さ、私に寄りかかるがいい」

顔色が悪いとすれば、それは卓川のせいだ。そう言いたいのを、彩夏はじっと堪《こら》えていた。

「おやめください、卓川様」

「つれないものだねえ」

買いつけ先や工房についての情報は死守できたはずだが、工房の情報は単なるおまけで、卓川の狙いは彩夏自身にあったらしい。

彼はさまざまな条件を持ちかけ、彩夏に手を出そうとしていた。

それを突っぱね続けるのも、いささか疲れてくる。早く阿礼に帰りたかった。

「仕方ない、では、最後は桃華郷《とうかきょう》で宴会といこうかの」

「桃華郷？」

あまりのことに、彩夏は問い返すだけという無礼な真似をしてしまう。

「そなたが懇意にしている娼妓を見てみたくてねえ。いいだろう？」

彩夏に動揺を与えたと気づいたらしく、卓川がいやらしい笑みをにたりと浮かべた。

冗談じゃない。

自分の顔から血の気が引いていくのを、まざまざと感じた。

「…………」

彩夏が男性を買う側だとは、桃華郷の者を除けば、誰にも知られていないはずだ。

無論、義兄にも。

それなのに、卓川のような男にここで明かしたくはない。悪いことをしているわけではないが、何から義兄への思いを感づかれるかわからない。そうすれば、最悪、弱味として強請《ゆす》られる可能性もあった。

「ここからわざわざ桃華郷に寄っていては、三日は余分にかかります」

「それを織り込んで、日程を言ったはずだがのぅ」

言われてみれば、たかだか北方に行くだけにしてはやけに帰宅予定日が先だと思っていた。そういうことだったのか、と彩夏は心中で歯ぎしりをする。

「人はそれぞれに嗜好というものがあります。卓川様のお好みに合いますかどうか」

「なに、横取りはせぬぞ。ただ、そなたほどの美男子の敵娼《あいかた》を知りたいだけじゃ。そうも通い詰めるというのは、決まった相手がいるのだろう？」

彼は彩夏の疚《やま》しさを、無意識のうちに感じ取っているのかもしれない。

結局、彩夏が歯切れ悪く振る舞っているうちに彼を桃華郷へ連れていくことになり、辟易《へきえき》しながら郷の大門を潜《くぐ》った。

御者たちは桃華郷のすぐ近くにある宿場町で待ち、翌朝合流する手筈《てはず》となっていた。

「彩夏殿、馴染みはどの妓院《ぎいん》にいるのかね？　正鵠閭《せいこくりょ》かい？　それとも蕉風楼《しょうふうろう》かい？」

歩きつつ名の知れた名前ばかり挙げられたが、迂闊な返答はできない。

「卓川様、私にも都合というものがございます」

「よもや、人に言えぬ店に通っているのではあるまい？」

含み笑いをする卓川に、彩夏は何も答えられなくなった。

腕を摑んだ卓川が、ひそりと耳打ちをする。

「あるいは東昇閭《とうしょうりょ》、かねえ？」

「……違います」

答える声が震えなかったことが、我ながら奇跡のようだ。

東昇閭が男を斡旋する妓院だというのは、粋人《すいじん》ならば誰でも知っている。卓川がこうして鎌《かま》をかけてくるのも、おかしくはなかった。

「さて、ならば連れていってもらおうかね」

彩夏は自分が蒼褪めるのを、まざまざと感じた。

どうにかしてこの男を追い払えないだろうか。

いや、追い払うだけではだめだ。

決まった相手がいないのは本当だが、そうなると自分も彼につき合って、どこかの妓院に行かなくてはいけない。しかし、自分には女性を抱くことができないし、そこで上手く振舞えるとは到底思えない。卓川と長いあいだ一緒にいれば、ぼろが出てしまうだろう。

いっそ宿に閉《と》じ籠《こ》もっていたいが、そうすればなぜ桃華郷に来て女を買わないかと、不審に思われるに違いない。

どうあっても、この窮地《きゅうち》を切り抜けられそうになかった。

「彩夏様！」

通りの向こうからいきなり声をかけられ、彩夏は何気なく顔を上げる。

「え、瑛簫《えいしょう》！」

どきりと、した。

瑛簫だというのは見ればわかるのに、その容姿が以前とはまるで違っていたからだ。

彼はこんなにも麗しい男だったろうか。

瑛簫は前よりも多少髪が伸び、涼やかな面差しは、男妓というよりはまるで貴公子だ。爽《そう》然《ぜん》としつつもどことなく色香が漂い、表情にも艶《つや》が滲《にじ》む。身なりも動きやすい袍《ほう》を着ているので、煌《きら》びやかなほかの男妓とは一線を画し颯爽《さっそう》として見えた。

「お久しぶりでございます」

「あ、ああ」

見惚れたことが恥ずかしかったが、今は別の問題に直面しており、彼の変化について言及する余裕はなかった。

いや、ここで瑛簫に会ったことはかなりまずいのではないか。

彼の口から、彩夏が男妓を買っているという秘密が漏れかねない。

彩夏ははっとする。

「お連れ様ですか？」

卓川の姿を認めた瑛簫が問うたが、彩夏は頷くこともできずに黙り込む。

「何だ、おまえは……男妓か？」

怪訝《けげん》そうに卓川は言い、瑛簫をじろじろと眺める。

「はい」

微笑した瑛簫は、彩夏をちらと見やった。

「お待ちしておりました、彩夏様」

「ほう？　彩夏殿はおまえの店の客なのか？」

卓川の意地の悪い追及に、瑛簫はただ微笑することで躱《かわ》し、違うことを口にした。

「店の男妓たちの衫《さん》を、彩夏様に見立てていただく心づもりでした。少しお借りしてもよろしいですか」

そんな約束をした覚えはないが、茶店での一件のあと、成り行きで二度ほど男妓たちの衣を見立ててやったことがある。二度目など牡丹楼《ぼたんろう》の娼婦も訪れ、彩夏の意見を聞きたがった。

「え？　あ、ああ……構わぬぞ」

卓川は一瞬、毒気が抜かれたような顔になる。

「ならば、わしも同行してもよいかな？」

「申し訳ないのですが、時間がかかります。うちの遊妓は二十名はおりますから」

忌々《いまいま》しげな顔になり、卓川は彩夏と瑛簫の顔を交互に眺めた。

「では、彩夏殿がここに来ているのは商売のためなのか？」

「そこまで我々にはわかりかねます」

瑛簫は卓川の矛先《ほこさき》を巧みに逸《そ》らし、「いずれにしても、お待たせしてしまうのは我々の本意ではありません」と続けた。

「あらぁ、彩夏様」

折良く話しかけてきたのは、先日、例の衣を見立ててやった牡丹楼の娼婦たちだった。艶やかに着飾った彼女たちは、彩夏を認めて紅を差した唇を綻ばせる。

「まあ、今日は渋い方がお連れなのね。また今度、衣の見立てを手伝ってくださらない？」

「そうそう。この衫、彩夏様が見立ててくださったの。どうかしら？」

一人が袖口を両手で持って一回転をしたので、卓川は俄《にわか》にやに下がった。

「おお、よいなあ」

「でしょう？　お連れ様お名前は？」

ふわりとよい香りが鼻孔《びこう》を擽《くすぐ》り、彼は鼻の下を伸ばして「卓川じゃ」と名乗る。

「うちにいらしてくださいな」

「ねえ、お二人とも」

「彩夏様はこれから用事があるのです」

生真面目な瑛簫の言葉に、二人連れの娼婦たちは「あら残念」と言って、牡丹楼の方角へ消えていく。

「今の二人は？」

「あれは牡丹楼の売れっ子二人ですよ」

瑛籥はにこやかに答えた。

「美姫として名の知れた孫貞麗《そんてんれい》には敵《かな》わずとも、あの二人の美しさと床《とこ》づけのよさは評判です。貞麗にも引けを取らぬと言えましょう」

阿礼《あれい》でもよく噂に上る孫貞麗の名は、てきめんだった。その姿絵は飛ぶように売れ、男たちはこのような美しい女性を一度は抱きたいと思いを馳《は》せるものだからだ。

「牡丹楼とな？」

「はい、うちの女将が経営しているんです。普段お世話になっている彩夏様のお連れ様であれば、特別に、彼女たちと一夜を過ごせるよう手配できます。ただ、急がないと客が来てしまうかもしれません」

「おお、それは重畳《ちょうじょう》。早速連れて行ってくれるかね？」

滅多にない機会はよほど嬉しいと見え、卓川の表情がだらしなく緩《ゆる》んだ。

「彩夏様とは別行動でよろしいですか？」

「――うむ、仕方あるまい」

「では、彩夏様はどうか中でお待ちください。私は卓川様をお送りいたします」

「あ、ああ」

瑛籥は卓川と話を合わせてくれているし、彩夏が男に抱かれているということは口にしないはずだ。それは彩夏の希望でしかなかったが、なぜか信じることができた。

「ならば、わしはその牡丹楼とやらに行こう。彩夏殿、また明日に宿で会おうぞ」

「はい、卓川様。明日の朝、お迎えに上がります」

卓川が単純で助かった。暫く彩夏は二人の行方を心配げに見守っていたものの、どうにもならぬと踵《きびす》を返して瑞香楼に足を踏み入れた。


「それでは卓川様、どうかお楽しみを」

卓川を牡丹楼へ送り届けた瑛簫は、いそいそと瑞香楼へと引き返した。

ゆっくり歩くつもりが、自分でもそれと知らぬうちに足早になってしまい、通行人に何度もぶつかりそうになった。

そろそろ多くの店が開く時間帯で、折しもあちこちの妓楼から、心を浮き立たせる甘い音楽が聞こえてくる。瑛簫も桃華郷に浮かれてやって来た物見遊山の客と思われかねないほど、浮き足立っていた。

自制しようという心と裏腹に、喜びが溢れそうだった。

どうしよう、心臓が跳ねて口から飛び出すかもしれない。嬉しくて、早鐘《はやがね》のように脈打つ。

彩夏が、会いに来てくれた……！

それだけで子供のように喜んでいる自分は、我ながらどこかおかしいと思う。

わかっている。

彼はたまたま通りかかっただけで、自分に会いに来たわけではないかもしれない。

彩夏を強引に自分の元へ招いてしまったが、別の店に行くつもりだったのではないか。

咄嗟であってもそれくらいの推測はできたが、あの様子からは彩夏が卓川とやらを拒絶しているように思えたので、ついよけいな口出しをしてしまったのだ。

そんなことをするのは差し出がましく、礼儀に反するとわかっていたのに。

つらつらと考えつつも瑞香楼に戻った瑛簫を、上機嫌の女将が迎えた。

「早くお入りよ。瑛簫、あんた、牡丹楼に客を連れていってくれたんだってねえ。やればできるじゃないか」

「ありがとうございます」

「ま、本当はこの店に連れてきてくれてもよかったんだけどね」

「次からは気をつけます。では、また後ほど」

急ぎ足で一階にある酒楼に向かう瑛簫の背中に、「何だい、愛想のない」と女将が毒づいたが、今は彩夏を捜すのが先だった。

しかし、酒楼にはそれらしい客はいなかった。

どこへ行ってしまったのだろう？　よもや、怒って帰ってしまったのか。

あり得ないことではないと、瑛簫は不安を覚えた。

先ほどから自分は、彩夏の反応を考えて一喜一憂している。振り回されているという自覚はあったが、不快ではない。

「どうした、瑛簫?」

気軽に声をかけてきた想春《そうしゅん》に、瑛簫は焦りつつも「彩夏様を捜してます」と答えた。

「ああ? おまえ、自分の部屋は見たのかよ」

「いえ、まだです」

「最初に捜すのはそっちだろ? おまえの馴染みなんだからさ」

言われてみれば、そのとおりだ。

忠告どおりに部屋へ向かおうとして、瑛簫は足を止めた。

「ありがとうございます、想春さん」

「いいから、早く行け」

ふ、と想春は笑い、からかうように続けた。

「にしても、おまえがそんなに慌《あわ》てるのは初めて見るな」

「そ、そうでしょうか」

傍目《はため》からわかるほどに掻き乱されているとは。

瑛簫は深呼吸をすると、今度は心がけてゆったりとした足取りで階段を上がった。できるだけ優美に振る舞わなくては、彩夏の機嫌を損ねかねない。

戸を開けると、所在なげに彩夏が牀榻《しょうとう》に腰を下ろしている。それを見た途端、瑛簫は大股《おおまた》で彼に近寄っていた。

「瑛簫、遅かっ……」

名を呼ぶより、挨拶《あいさつ》するより先に躰が動き、瑛簫は彼を抱き締めてしまう。

優美な振る舞いも何もかも、頭からすっかり吹き飛んでいた。

「…………」

腕の中で、彩夏が身を強張らせるのがわかる。

「あ、も、申し訳ありません」

彼の反応に気づき、はっとした瑛簫は急いで彼から身を離した。

どうかしている。自分は一体、何をしているのか。

子供のように親愛の情を表してしまったことにばつが悪くなり、瑛簫は頬を染める。

「勝手に人を引っ張り込んで待たせたうえに非礼とは、らしくないな。それとも、今のも桃華郷流か？」

「お待たせして申し訳ありません、彩夏様」

彩夏の嫌味ももっともで、瑛簫は丁重に頭を下げた。今のは完全に瑛簫が悪いのだから、彩夏が怒りを感じるのは当然だった。

「──馬鹿か、おまえは」

また、馬鹿と言われてしまった。

今のやりとりで落ち着いたのか、彩夏の声音がいつものそれに近づく。

案の定、怒っているのだ。

顔を見ただけでわかるほどに、彼の表情は冴《さ》え冴《ざ》えと冷えきっている。

それはとびきり美しく、瑛簫は思わず息を呑んでから口を開いた。

「申し訳ありません。ただ、彩夏様が困っておられるようだったのと、渡したいものがあったので……」

瑛簫は重ねて謝った。

ただ、彩夏を守りたかった。

あの卓川とやらの、ぎらぎらとした視線から遠ざけたかったのだが、それが差し出がましいお節介だというのは百も承知だ。

「人のせいにするのか？」

「すみません。もう、二度とお節介はしません」

「……助かった」

それ以外にどうやって詫《わ》びを告げればいいのかわからないことが、もどかしい。

「え？」

予想外の言葉に、瑛籥は目を丸くした。思わず顔を上げると、瑛籥とは交代に、彩夏は今度は俯《うつむ》いてしまっている。

その耳が赤くなっているのが見え、瑛籥はじわじわと安堵《あんど》の念が込み上げるのを感じた。

「おまえに嘘をつかせて、悪かった」

「嘘ではありません。商人が置いていった生地があるのは本当ですし……」

「だが、本当でもあるまい。嘘も方便ということか」

彩夏は漸く落ち着きを取り戻したのか、くすりと笑う。

「それで、渡したいものというのは？」

彩夏の問いに、瑛籥は牀榻の下の箱から例の耳飾りを取り出した。

「こちらです」

彩夏は瑛籥の掌に載せたそれを、訝しげに眺めた。

「こんなものを大事に持っていたのか」

呆《あき》れたような彩夏の口調に、瑛籥は恥じ入るほかなかった。自分の不純な思いを、見透かされそうな気がしたからだ。

「あなたの忘れ物なので、ずっと返そうと思っていたのです」

「では、厳信《げんしん》にでも預ければよいではないか」

「厳信殿がなくしたら困ります」

次に会うための口実にしたかったのに気づかれそうで、瑛簫は気が気でなかった。

「これは安物だ。今時、露店でだって買えるし、もう片方もどこにやったか……」

「でしたら、私がいただいてもよいですか？」

それでも、万に一つの可能性に賭《か》け、一応は口に出してみる。

「欲しいのか？　こんなものが？」

「こんなもの、ではありません。彩夏様が身につけていた大切な耳飾りです」

「……馬鹿」

彩夏はため息をつき、そして「構わぬ」とそっぽを向いた。

やはり、可愛《かわい》い。

今日の彩夏は美しいだけでなく仕種の一つ一つに可愛さが滲み、見ているだけで幸せになる。

「ありがとうございます」

答えはなかった。

「――彩夏様、本日はどうなさいますか？」

瑛簫の質問に彩夏は一瞬ぽかんとしてから、ふ、と息を吐いた。

「着物を見立ててほしいのだろう？」

「え、ええ……」

確かに商人が見本を置いていったのだが、先ほどのは単なる口実だ。

「先ほどの礼に、つき合ってやろう」

彩夏は立ち上がり、そして呆然《ぼうぜん》と佇む瑛簫を顧みて小さく笑った。

「そんな顔をするくらいなら、もっと考えればいい」

「何を、ですか？」

「誘い方がなっていない。私を引き留めるための言葉はないのか？」

「ここにいてください」

意を決して、瑛簫は本心を口にする。

「あなたに触れたい、彩夏様。どうかここにいてください」

「…………」

いつになく熱を込《こ》めた口調で懇請すると、意外なことに彩夏がかあっと頬を染めた。

「や、やりすぎだ」

「私の本心です。演技や世辞ではありません」

言い切った瑛簫は、たまらなくなって再び彩夏の躰を抱き締める。

あたたかい。

このひとの熱が欲しい。その膚に一刻も早く触れたかった。

「瑛簫、」

「いけませんか」

瑛簫は真っ直ぐに彩夏を見つめる。根負けして視線を逸らしたのは、彩夏のほうだった。

「わかった、今宵《こよい》はおまえを買おう。だが、私は長旅の最中で、汗を……」

「構いません」

瑛簫は彩夏を牀榻に組み敷き、その膚に唇を押しつける。

いつもの清潔な彼もいいが、生の彩夏の膚も馨《かぐわ》しかった。

やるせないほどの思いが込み上げ、彩夏の首元に顔を埋《うず》めて何度もその匂《にお》いを嗅《か》いだ。

好きだ。どうしようもなく、たまらなく、この人を好きだ。

そう、好きなんだ。

誰かの身代わりでも、それでいい。もう一度この人に触れられるのなら。

これまでに客を抱いたときは、ただ丁重に、それでも熱意を持って抱かなくてはと思って相手に奉仕した。

でも、彩夏は違う。この人は特別だ。

一度自覚したら、もう止まらない。瑛簫は彩夏の唇に自分のそれをぶつけた。

「あ、待っ……瑛簫…っ！」

情熱なんてもの、瑛籥にあるはずがないと思っていた。

けれども、つい先ほど、彩夏を見つめる瑛籥の瞳には確かな熱情の片鱗《へんりん》が覗いていた。

それを認めたせいで、止まらなくなってしまった。止めることができなかったのだ。

今夜抱かれては、明日の朝、卓川に感づかれかねない。

なのに、理由もわからぬままに瑛籥をけしかけてしまったのは、自分のほうだ。

「やめますか、彩夏様」

「く…っ…」

やめてほしくなかった。触れられた唇が、いや、何もされぬ指先ですら燃えるように熱い。

今日は瑛籥に抱かれたい。

どうしよう、こんなのはいけない。自分らしくないと、わかっているのに。

「え、瑛籥……！」

乳首を嚙《か》まれて、彩夏は思わず狼狽《ろうばい》の声を上げていた。

「よくないですか、彩夏様」

「……わか、ら…な…っ…」

わからない、でも、それでも触れていてほしい。こんな気持ちは初めてだった。

瑛籥の上体をきつく抱き締め、彩夏は目を閉じる。

自分たちは客と男妓、所詮は金で売り買いされる関係だ。だからこそ、深入りしてはお互

いに不幸になるだけだとわかっている。

けれども、瑛籥の瞳に宿る強い光が、彩夏を惑わせた。

それは、客を取れたことへの喜びか。それとも……。

「瑛籥……」

いいや、間違えるな。深く考えてはいけない。今は快楽と体温に流されているだけ、柄にもなくほだされかけているだけだ。

そもそも、こんな関係は歪《いびつ》だ。始まりからして間違えているのだ。

金で躰を売り買いする関係に心を挟《はさ》めば、地獄になるのは目に見えている。

「よせ、まだ…っ…」

性器に唇を押しつけられ、彩夏は喉の奥で呻いた。本当は桃華郷の男妓はここまでのことをする必要はない。したければするが、しないならば構わないのだ。

それを知っているくせに、瑛籥は躊躇わなかった。

「あ…あっ…や、は、……」

「すみません、下手で」

謝りながら、花蕊《かずい》に舌を這《は》わせる瑛籥のやり方は、確かに熟練とは言い難かった。けれども、相手を感じさせたいという熱意と丁寧さで彩夏の性感を煽《あお》り、極みへと駆り立てた。

いけない。このままでは、口に出してしまう。瑛籥の唇を、汚してしまう……。

そう思ったのに、止められずにその口腔に精を放つ。

彼が口許を拭うのを見て、彩夏は羞恥《しゅうち》以上に激しい後悔を覚えた。

自分は彼を穢したかったのでは、ないのか。

だが、それもほんの一瞬だ。

己の気持ちの意味すら考えられないほどに、彩夏は瑛簫の行為に酔っていた。

続けて肩で息をする彩夏の蕾《つぼみ》を探った瑛簫は、彩夏がそこに男を受け容《うい》れることができるよう、念入りに解《ほぐ》す。それはまるで、瑛簫の指のかたちまで教え込むような執拗《しつよう》さだった。

「あっ！」

時折感じるところを探り当てられ、彩夏は快感に身悶《みもだ》え、打ち震える。もうすっかり、彩夏は瑛簫の勢いに巻き込まれ、翻弄《ほんろう》され、喘《あえ》ぐほかない。

促されるまま膝を立てた彩夏は、瑛簫に正常位で貫かれた。

「……う……っ……、っく……」

「彩夏様……」

囁《ささや》く瑛簫の声が、心臓に突き刺さるようだ。

今まで何人もの男が、己の名を呼んだ。愛もなく、ただ、金のために自分を抱いた。

なのに、瑛簫の声はいつも痛い。鼓膜に刺さり、心臓すら突き破ろうとする。

苦しい、痛い、だけど、どうして……こんなに——瑛簫は熱いのだろう？

ただ辛《つら》いだけではなかった。だから、溺れてしまいそうになる。

だめだ。怖い……。

踏みとどまらなくては。でなければ、この先にあるのは、きっと破滅だ。

彩夏がぶるっと身を震わせると中の肉が蠕動《ぜんどう》したのか、瑛簫が低く呻いた。そして、激しく腰を揺らめかせ、抽挿《ちゅうそう》を始める。

「あっ……待て……」

まだ動くな、そう訴えたいのに、過敏な肉襞《にくひだ》を擦《こす》られる凄まじい快楽に、言葉が出ない。

「…く…、あ、あ、っ……」

迸《ほとばし》るような彼の熱が、彩夏の目を覚まそうとする。目を塞《ふさ》ぎ、唇を閉ざしてきた彩夏を揺さぶろうとしている。

これは、この熱の正体は……何なのか。

「ッ」

だめだ、いけないんだ、これ以上。

気づいてはいけない、深入りしてはいけないと、わずかな理性が警告を発する。

「彩夏様…ッ……」

瑛簫の声に、たまらない艶を感じた。

彼は自分を好きなのだろうか。

嫌だ、わからない。わかりたくない。

今はただ、押し流されてしまいたい。情念の奔流に。

仮に瑛簫が自分に好意を抱いていたとしても、それは、彩夏だからではない。彩夏が初めての客で、初体験の相手だからと、必要以上に美化されているだけだ。


「また、来ていただけませんか」

宿に戻るために身支度をする彩夏に、瑛簫が告げる。けれども、彩夏には、もうそのつもりはなかった。

「もう二度と来ない」

彩夏は短く言い切った。

「彩夏様」

「私とおまえは客と男妓。私が誰を敵娼に選ぼうと、私の勝手だ。先ほどの件は助かったが、いいことではない。おまえは私に対して、思い入れすぎだ」

「思い入れではなく、あなたを……私はあなたを好きなのです」

薄々感じていたことを告げられ、彩夏はどきりとする。

先ほど摑みかけた熱の正体は、やはりそれだったのか。

しかし、それを受け容れることは彩夏にはできなかった。

できるわけがないのだ。

「そんな感情を、私にぶつけられては困る」

「なぜですか？」

首を傾《かし》げる瑛籥に、彩夏は息をついた。

こんなところで、己の感情を解体しなくてはいけないという虚《むな》しさに。

「私はおまえには相応しくない」

「相応しいかどうかは、あなた自身が決めることではありません」

やわらかな声音だったが、同意はしかねた。

「ほかに好きな者がいる」

「…………」

効果は絶大だった。

瑛籥は目を瞠《みは》り、ぴたりと動きを止める。

「その方に思いを告げられずに苦しいから、おまえを買うだけだ。おまえはただの身代わりにすぎない」

「彩夏様」

「悪いがそういうことだ。だから、よけいな情を押しつけられるのは困る。迷惑だ」

もう少しやわらかな言い様もあるのに、こんな口ぶりしかできない。

それだけ彩夏は追い詰められているのだと、自覚はあった。

「申し訳ありません」

瑛籥が肩を落としたので、今度は彩夏は困惑する。そのように素直な反応をされると、こちらが悪いことをしたような気分になるではないか。

それに、遊妓が恋をしてはいけないという決まりはない。

間夫のいる娼妓などそれこそごまんといるし、恋をすることで美しさや輝きを増す者も多いのだから、自分が面倒だというだけで否定するのは卑怯《ひきょう》だった。

見下ろすと、瑛籥は依然として肩を落としている。

美しい面差《おもざ》しの高潔な男は、こうすると子供のようだ。

いや、実際に子供なのかもしれない。

長らく暮らしてきた寺から放り出され、自他の感情の機微に疎く、まだまだ勉強しなくてはいけないことが山積みで。

——可愛い男だ。

ふと笑みが漏《も》れそうになり、彩夏は自然と口許を右手で覆った。

こんな相手には、出会ったことがない。

誠実で真面目、それでいて一途《いちず》。

厳信の言うとおりだ。瑛簫が情熱という感情を覚えれば、他人を一心に思うことを知れば、それは彼を大きく変えるだろう、と。

「……わかった」

「え？」

降参するほかない。

結局、自分は彼に弱いのだ。

水揚げしたから、助けられたから、それだけではなかった。

おそらく、心の奥底でずっとその気持ちは睡《ねむ》っていたのだ。

最初に顔を見たそのときから。

自分はきっと、彼に惹かれている。でも、その思いを露《あらわ》にするつもりも、更に深いものにするつもりもない。男妓との恋なんて、不毛の一言に尽きる。

だが、瑛簫が成長した姿を素直に見たかった。

自分の心引かれた男が開花する様を、目にしたい。

今はまだ、瑛簫の胸にある情熱は萌芽にすぎない。「好き」という程度の、軽い気持ちにすぎないはずだ。

ならば、彩夏が上手くあしらえば、瑛簫は成長するのではないか。然るべき時機が来たら、その熱意を向けるべき相手は彩夏ではないと、目を覚まさせてやればよいのだ。

「また、ここに来る。それでいいのだろう？」

ぱっと瑛簫が表情を輝かせる。

「はい！」

「ただし、忘れるな。そなたはただの身代わりだ、瑛簫。それ以上の存在にはなれない」

「…わかっております」

わずかな躊躇《ためら》いの後に、瑛簫はその言葉を紡いだ。

たとえその資格が自分になかったとしても、今だけならば、瑛簫が情熱を向けることを許そう。

どうせそれは、まやかしのものにすぎない。勘違いの産物なのだから、すぐに忘れるだろう。

桃華郷を訪れるのは、彩夏だけではない。

もっと若くて可愛らしい青年や、美しい女性が瑛簫を必要とする。

彼らがいずれ瑛簫の心を捉え、彩夏は忘れられていく。誰にも顧みられず、ただただ朽ち果てていくのだ。

7

「どうしたんだい、彩夏《さいか》。ずいぶんぼんやりしているね」

孝陽《こうよう》の指摘に、届いたばかりの品物を確認していた彩夏は急いで顔を上げる。

夏の暑さにやられたわけではないのだが、どうにも集中できず、手が動いていなかった。

「申し訳ありません、義兄上。ちょっと考えごとを」

上の空だったことを見抜かれ、彩夏は微笑とともに取り繕って答える。この頃の自分は、思っていた以上に素直に孝陽と接することができる。彼に対して欲望を抱くことも、いつしかなくなっていた。それもこれも、瑛簫《えいしょう》のおかげだろう。

「このあいだ桃華郷《とうかきょう》へ行ってから、ずっとそんな感じだ。特別な相手でもできたのかい？」

「いえ……」

否定しつつも、彩夏はわずかに頬を染めてしまう。

卓川《たくせん》とのことで窮地を救われてから、彩夏は二度桃華郷へ行った。

成り行きで瑛簫を選ぶのではなく、彼を買うために行くようになったのだ。

瑛簫は変わることない一途な瞳で彩夏を見つめ、自分を抱いた。

その熱いまなざしに溶かされてしまうかもしれない、そう思うと怖かった。なのに、同時にそれが心地よくて、嬉しくて、冷たさを装えなくなるのだ。

驚いたことに、離れていても日ましに瑛簫の情熱は強くなるようだ。会うごとにそれを感じ、彩夏は心地よさと同時に恐れを抱いていた。

年下の瑛簫の情熱に引きずられたりしないように、自分を抑えなくてはいけない。けれども、そう努力しなくては巻き込まれそうになるのだ。

「そうではなく、ただ、馴染みの相手がお茶を挽《ひ》いているのではないかと心配で」

「そのほうがいいじゃないか。自分以外の人間と膚を合わせるというのは、あまり嬉しいものじゃないだろう？」

「そうなのですが……」

桃華郷において、娼妓はまず、いくばくかの金で妓楼に買い取られる。このときの金がそのまま娼妓の借金となり、基本的に客を取ることでこれを返していく。

客が支払う花代から店の儲《もう》けを引いた分が娼妓の取り分だが、実際には部屋代、布団代、衣装代、食費と生活に関わるすべてのことに金がかかり、花代では到底賄《まかな》えないので、これも借金に加算される。従って、働くだけで借金がどんどん膨れ上がり、娼妓の多くは、借金を返し終わる頃には若くて一番美しい時代が終わるという有り様だった。

だから、瑛簫が客を取れなければ借金ばかり嵩《かさ》み、それだけ長く男妓としての仕事を続けることになる。早く桃華郷など出て寺に戻ればいいのにと思いつつも、そのためには彼が多くの相手と寝ることになり、そう考えるとじくじくと胸が痛んだ。

「不器用な人で、見ていてはらはらします」

「安心したよ、彩夏」

「え？」

「おまえは家族以外の人間には、一線を引こうとするだろう。なのに、その相手のことは親身に思っている。それに、昔よりずっと落ち着いて、幸せそうに見えるよ」

孝陽は心底嬉しそうで、自分の欲望が彼を苦しめていたのかと、罪悪感に胸が軋《きし》んだ。

優しいのは瑛簫のような男だ。彩夏はただ、義務的に瑛簫の面倒を見ているにすぎない。

一文の得にもならないのに、瑛簫はほかの男妓相手に読み書きを教えたり、相談相手になってやったりしているのだとか。色子の志宝《しほう》という美少年が、こっそり教えてくれた。

彼がほかの男妓にも親切にしているのは、なぜだかあまり嬉しいことではない。たまたまそういう場面に行き合った彩夏が「もう来ない」と意地悪を言うと、瑛簫が悲しげな顔をしたので、渋々撤回したこともあった。

こんな日々がずっと続くのだろうか。

それとも瑛簫も、聚星《しゅうせい》のように誰か愛する人を見つけて、すうっと彩夏の前から消えてしまうのか。

ただの想像だというのに、その日を思うと胸が押し潰されるように痛んだ。


桃華郷の夜祭りというのは、彩夏にとっては初めての行事だ。

祭りに参加する遊妓や客は、思い思いに着飾っている。特に今宵は、客の多くは自分の馴染みの娼妓たちを伴っていた。

祭りの夜はいつも以上に鮮やかで、心を浮き立たせるものだった。

七年に一度という夏の祭りは華やかだが、桃華山《とうかざん》の麓《ふもと》は魑魅魍魎《ちみもうりょう》が出ると知られている。そこに天帝を祀《まつ》る廟《びょう》が七つあり、夜祭りの晩に一つで祈れば一年、七つすべてを巡って祈ると七年間の無病息災が叶《かな》うのだとか。

尤《もっと》も、人々にとっての楽しみは自分の馴染みの遊妓とちょっとした外出ができるということだろう。普段は遊妓と外に出るには『出局《しゅっきょく》』という制度を使って多額の金が必要になるが、夜祭りのときは桃華郷の中と見なされ、その必要がないのだとか。

「この郷の祭りは初めてだな……」

山道には蠟燭《ろうそく》の火が灯《とも》され、廟へ向かう道を頼りなく照らし出している。

彩夏と瑛簫もそれぞれに燭台《しょくだい》を持っているものの、それでも明るいとは言い難い。

山に登ることを考えて彩夏は動きやすい袍《ほう》にしたところ、人々の多くは衫《さん》で着飾っている。みすぼらしい格好だろうかと案じたが、同じように瑛簫も袍だったので安堵した。髪を束ねるのに使った釵《かんざし》は、義兄が持たせてくれた亡姉の形見だ。魔除《まよ》けを意味する北方の銀細工で、女性のものだと恥ずかしかったものの、桃華郷には男女の別なく装飾品をつける者が多いからと、思い直した。

「私もです、彩夏様」

「おまえはこの郷に来て、まだ一年にもならぬだろう」

彩夏が言うと、瑛簫は「はい」と笑った。

「七年に一度の祭りに、あなたと一緒に来ることができてよかった。嬉しいです、彩夏様」

素直に喜びを表す瑛簫に、彩夏はどうしようもなく照れてしまう。

「おまえが来いと文を寄越《よこ》したからだ」

「あなたが私のためにここに来てくださるのが、幸せです。ありがとうございます」

邪気のない笑顔を向ける瑛簫に、ふと胸が詰まり、彩夏は言葉を失った。

このところ、瑛簫は妙な色香を増した。これ以上髪を伸ばすのは途中が見苦しいからと短めのままだし、顔立ちはそのままなのに、表情や仕種の一つ一つに妙な艶があるのだ。

そのくせ、彼の言葉は相変わらず明快で、爽やかなところは消えない。矛盾しているようだが、男らしくなったといえるのかもしれない。

「おまえでなく、祭り目当てだ。――行くぞ。このままでは帰りが遅くなる」

「はい」

人々はそれぞれ娼妓と客で二人一組になり、狭い山道を歩いていく。中には綺麗どころを何人も連れたお大尽《だいじん》もおり、人々の目を楽しませていた。

「でも、道を逸れなければ大丈夫ですよ。麓の天帝廟まではたくさん人出がありますし。そこより上に行くとなると、急がなくてはいけませんが」

「詳しいな」

「麓くらいまでなら、よく祈りに行くので」

人々がこうして夜でも気がねなく出歩けるのも、今日が祭りで人出が多いからだ。普段は人通りのない天帝廟までの道のりを平然と歩けるとは、やはりこの男はただ者ではない。

今も道をはずれた斜面のあたりで、茂みの中から何か音がしている。これで手にした燭台の火がなければ、町育ちの彩夏はすぐにでも宿に帰りたくなっていただろう。

「あれ、瑛簫」

すれ違いざまに声をかけてきたのは、彩夏も何度か瑞香楼《ずいこうろう》で顔を合わせたことのある男妓だった。彼は男性に抱かれるのが専門のはずで、今宵も派手やかな衫を身につけ、髪に差した釵がきらきらと光っている。

「想春《そうしゅん》さん」

一度目礼した瑛籥に、想春は微笑を向ける。

「誰を連れて夜祭りに行くかと思えば……なるほどねえ」

「誰を、とはどういうことだ？」

彩夏の問いに対して瑛籥は何かを言おうと口を開くが、想春のほうが早かった。

男の腕にしなだれかかったままの想春は口許を歪《ゆが》め、意外な言葉を紡いだ。

「瑛籥は、うちでもこのところ名前が売れ始めてるんですよ、彩夏様」

わざとらしく名前を呼ばれて、彩夏の心はいとも容易《たやす》く逆撫《さかな》でされた。

「顔はいいし性格もいい。床づけも丁寧ですからねえ。本来は逆の好みの客も、評判を聞いて試しに来るんですよ」

いくら男妓とはいえ、瑛籥の閨《ねや》での話を聞きたくはないと、彩夏は無言になる。

わかっている。彼は自分一人の男妓ではないのだと。

けれども、だからといって誰彼構わず抱いているとは思いたくないのだ。

「それに、見ていただけりゃわかると思いますけどねえ、このところ急に男ぶりが上がったんですよ。表情や仕種に、妙な色気が出ちまって」

「想春さん、そういうのは、今はいいでしょう」

漸く、瑛籥が尖《とが》った声で制止をする。先輩の顔を立てて黙っていたのかもしれないが、遅すぎると彩夏は心中で苛立《いらだ》ちを覚えた。

「おっと、野暮《やぼ》だったね」

笑んだままの想春は頭を下げて「ごゆっくり」と言い残し、立ち去った。

ぼんやりとした不快感が、濃い靄《もや》のように心中に広がっていく。消さなくてはいけないのに、それは次第に深く立ち込め、彩夏をますます苛々させた。

「申し訳ありません、彩夏様」

「どうして謝るんだ」

そんな自分の変化を、瑛籥に読み取らせてしまったことが、またひどく口惜しい。

彩夏はぷいと顔を背け、早足で廟へ向かう道を進んだ。

瑛籥が、自分以外の人間を抱いている。

否《いな》、それは遊廓に生きる者ならば誰もが通る道、仕方のないさだめだ。

なのに、改めて突きつけられると、まるで納得がいかない。

——悔しい。

胃の奥がぐらぐらと煮え立つようだった。

聚星《しゅうせい》にだって、こんな感情を抱いたことはない。孝陽が姉を抱いていたからといって、それに対して嫉妬の念を抱くこともなかった。

なのに。

……何だろう、これは。この気持ちは。

苛々《いらいら》が募るうちに脇目もふらずに歩いてしまい、天帝廟を通り過ぎてしまったようだ。

「彩夏様」

追いかけてきた瑛簫が、穏やかに声をかける。

「もう時間も遅い。このあたりで戻りましょう」

馬鹿馬鹿しい、こんなのは子供のような焼《や》き餅《もち》だ。

自分の中に嫉妬があることに気づき、彩夏は動揺しきっていた。そのせいで、頭上に伸びていた枝に気づくのが、遅れた。

「危い！」

「あっ」

太い枝にぶつかった拍子に、結っていた髪がはらりと解ける。釵が抜け落ちたのだと気づき、彩夏は燭台を手にしたまま慌ててあたりを見回した。

「大丈夫ですか？」

「釵が……」

周囲には落ちていないので、燭台を翳《かざ》すと、斜面の狭間《はざま》の灌木《かんぼく》のあたりにきらりと光るものが見える。

釵が蠟燭の光を反射しているのだ。

彩夏は山道を逸れ、斜面を下りていく。慌てた瑛簫が手を伸ばして腕を摑もうとしたようだが、彩夏は取り合わずに急ぎ足で下へ向かった。

「彩夏様！」

山道から、気遣《きづか》わしげな瑛簫の声が降ってくる。しかし、釵が落ちたあたりは大体わかるし、問題はないはずだ。燭台を掲げた彩夏は急ぎ足で斜面を下り、茂みに火が燃え移らぬように気をつけながら、あたりを探った。

「あった」

幸い釵は焔《ほのお》を受けて煌めいており、すぐに見つかった。

今はあれを取って、もう一度斜面を登れば、すぐに瑛簫の元へ行ける。

道からだいぶ外れてしまったが、あたりは灌木《かんぼく》が生い茂っている程度だ。釵に手を伸ばそうとした彩夏は、何かの唸《うな》り声《ごえ》を聞いた気がして動きを止める。

「…………」

慌てて顔を上げると、茂みの中に、爛々《らんらん》と光る二つの目が間近に見えた。

同時に、その唸り声が強くなる。

獣か？　それとも、この桃華山の周囲に住むとされる魑魅魍魎か。

咄嗟のことに躰が強張り、動けなくなってしまう。

「彩夏様！」

追いついてきた瑛簫が、燭台を持たないほうの手で、彩夏を庇《かば》うように抱き寄せる。

「早く、上へ！」

「釵がまだだ」

瑛籥は「ここにいて」と彩夏に有無を言わせぬ強さで命じ、燭台を掲げて釵を探し出す。

そして、自分は釵を取るために一歩ずつそちらへ近づいていく。

「瑛籥、何かいる」

彩夏は小声で訴えた。

「わかっています」

身を屈《かが》めた瑛籥は手を伸ばして釵を取り、彩夏に振り返った。

その瞬間、脇の茂みからそれが飛び出してきた。

「瑛籥！」

「ッ」

刹那、彩夏を庇《かば》い、背を向けた瑛籥がばっと両手を広げる。

何かが破れる音がした。

血の臭《にお》い。同時に彩夏の頬に、何かあたたかなものが飛び散った。

「うっ」

爪《つめ》で引っ掻《か》かれたのか、ぐらりと上体を傾がせた彼の手から燭台が零《こぼ》れた。

ついで縺《もつ》れ合《あ》うように、瑛籥と化け物が斜面を転がり落ちる。

「瑛簫！」

斜面の中腹で止まった瑛簫は、彩夏を見上げて声を張り上げた。

「上へ！」

逃げろと言われても、彼を置き去りにするわけにはいかなかった。

彩夏は慌てて瑛簫の燭台を拾い上げ、あたりに火が点《つ》かないように、落ちた火を踏み散らす。幸い、夜露が降りたせいであたりは湿っており、火が燃え広がることはなかった。

燭台を掲げた彩夏は斜面を急ぎ足で駆け下り、瑛簫を捜した。

——いた。

頼りない月明かりの下、獣と瑛簫が睨み合っている。

彩夏が高々と灯りを掲げると、漸く相手の正体が判明した。

人と猿に似た獣——玃猿《かくえん》だ。

玃猿は図太く焔を恐れないため、じりじりと彩夏が近づいても怖がる様子はなかった。

瑛簫の背中から左の二の腕にかけてが、ざっくりと切られているのが、燭台の明かりでわかる。黒々と濡《ぬ》れて見えるのは、血のせいか。

地面に落ちていた長い木の枝を拾った瑛簫がそれを棍《こん》のように構え、経典を唱え始める。

玃猿は雌がいない種族とされ、繁殖のために人間の女性を襲う。彩夏のことも女性と間違え、攫《さら》おうとしたのかもしれない。

ぐるる……という嫌な唸り声が聞こえる。

次に耳を劈《つんざ》くような大声で咆哮《ほうこう》した玃猿が、いきなり瑛籥に飛びかかった。

「‼」

彩夏は悲鳴を上げかけたものの、瑛籥の集中を乱してはならぬと、声を嚙み殺す。

「くっ」

鋭い爪で攻撃されそうになった瑛籥は、木の枝をぐっと突き出して玃猿を遠ざける。

攻撃範囲が広い棍に、玃猿はすっかり動きを封じられており、唸るばかりだ。

血の臭いに惹かれてやって来るほかの魔物に瑛籥が襲われてはいけないと、彩夏は武器代わりに自分の釵を握り締め、瑛籥の背後に立つ。

瑛籥は経を唱えるのに精神を集中しており、彩夏には気づかぬようだ。

蒼褪めた顔の瑛籥に、玃猿が再度吠《ほ》えかかるが、先ほどまでの迫力はない。

「去れ！」

きっぱりと顔を上げた瑛籥の言うことを聞かずに、なおも玃猿が唸った。

「ここはおまえのいるところではない。去れ！」

瑛籥が低く命じると、玃猿の声が小さくなり、やがて消えていった。

あたりに静謐《せいひつ》が甦《よみがえ》り、止《や》んでいた虫の音が再び鼓膜を擽《くすぐ》り始める。

「瑛籥！」

彩夏が呼ぶのと同時に緊張が途切れたのか、瑛簫ががくりと膝を突き、棍を支えに息を吐き出す。

「彩夏様、怪我は……」

声が、思ったよりもずっと弱い。

傷が深いのだ。

「私は平気だ……おまえは!?」

触れた瑛簫の躰は血でぬめっている。早く止血しないと、瑛簫が死んでしまう。だが、彩夏の力では瑛簫を引きずって参道にまで戻るのは無理だった。

「誰か!」

大声を上げたが、人の気配はない。皆、今宵は二つ目の廟のあたりで引き返してしまうに違いない。

慎重に燭台を置いた彩夏は自分の袖《そで》を裂き、それで瑛簫の腕と背中をそれぞれ縛る。座った自分の膝の上に瑛簫の頭を載せ、額の汗を拭う。

大丈夫だ。助かるはずだ。

季節的にも、夜明けは早い。先ほど想春に行き合ったし、楼に戻らなければ誰かが捜しに来てくれるはずだ。虫のいい想像だったが、それを期待するほかなかった。

「……瑛簫」

もしこの男が死んでしまったら、自分はどうすればいい？

自ずと涙が目に滲み、それが彼の頬に落ちる。泣いてはいけない、そう思うのに、止まらなかった。

瑛簫に出会わなかった頃にまで、自分は戻れるだろうか？

息苦しいほどの情熱をぶつけられることを、既に己は知ってしまったというのに。

「瑛簫、死ぬな……死ぬな」

彩夏は瑛簫の冷え切った右手を、ぎゅっと力を込めて握り締める。

「瑛簫」

「彩夏…様…」

苦しげに応じる瑛簫の声に、胸が締めつけられる。

辛いのか、触ってみた額は汗で濡れている。「彩夏様」と魘《うな》されたように何度も何度も言う瑛簫の声は頼りなく、それが途切れぬことで彩夏は逆にほっとした。

燭台の火がふっと消え、あたりに闇が満ちる。

時折野生の獣や魑魅魍魎が唸る声が聞こえたが、彩夏は武器代わりの釵を握り締め、緊張を解かなかった。

今度は自分が瑛簫を守る番だ。

命を賭《か》けて。

――そうして、どれくらい時間が経《た》ったろうか。

気がつくと空が白み始めている。

「瑛簫ー！　彩夏様ー！」

誰かが叫ぶ声が聞こえ、彩夏ははっと顔を上げた。

聞き間違いでは、ない。

「ここだ！　ここにいる！」

彩夏が声を張り上げると、膝枕されていた瑛簫が「う……」と苦しげに呻いた。

「彩夏様！」

山道から顔を出したのは、精悍《せいかん》な顔立ちの男だった。確か、どこかの楼の用心棒で、名前は大我《たいが》というはずだ。

「瑛簫はいますか？」

「瑛簫もここだ！」

声を張り上げた彩夏は、薄明の中で漸く瑛簫の顔をまじまじと見ることができた。

血の気を失った瑛簫の端整な顔は蒼褪めており、あちこちに血が飛び散っている。顔にひっかき傷があるのは、彩夏のところへ来るのに葉で切ったのだろう。

「瑛簫、助かったぞ！」

涙が零れそうだ。

あまりの嬉しさに、そして、あまりの――愛しさに。

たまらなく、瑛簫が愛しかった。

どうしよう、止められない。

傾倒していく気持ちに、歯止めが利かない。

「瑛簫……しっかりしてくれ……」

たまらなく愛しい。好きで、好きで、たまらない。

命を賭けて自分を守ってくれた、この男のことが。

瑛簫はもう、身代わりなどではないのだ。孝陽への気持ちが落ち着いた理由が、はっきりとわかった。

ほだされてはいけない。深入りすれば不幸になる。そうわかっているのに、止められない。

身を挺《てい》してまで彩夏を守ろうとした、瑛簫の意気に触れてしまった以上は。


白く蕩《と》けていきそうな、蜜《みつ》のような夢。

熱くてたまらずに汗を掻いたかと思えば、寒さに身を震わせることもあった。

その中で、瑛簫は何度も何度も彩夏の声を聞いた。

「瑛簫……」

彩夏は、どうして泣くのだろう。

薄く目を開けると彩夏は瑛簫の額や頰を撫で、そして疲れてまた目を閉じた瑛簫の瞼《まぶた》に触れる。

冷たい指の動きは繊細で心地よく、瑛簫は酔いそうになる。

「すまない、瑛簫……」

謝らなくて、いいのに。

自分は嬉しかった。

愛する彩夏を守れたことが。

そのためならば、何を犠牲にしても構わなかった。

腕の一本くらいくれてやっても、よかった。

彩夏が笑ってくれれば、いい。生きることが幸せだと感じてくれれば、瑛簫の幸福に繋がる。彼の居場所が自分の傍らであれば、どれほど嬉しいことか。

彩夏に優しくしたい。彼を守り、その幸福を願う。そのためには、誰かの身代わりにもなろう。

それが、きっと……愛しいということだ。彩夏が愛しくて、愛しくてたまらない。

好きというよりも、もっと強い。もっと激しく、深い感情だった。

これが情熱か。この、今にも心から迸り、溢《あふ》れそうな激情が。

まるで、生まれ変わったような気分だった。

己が今まで知らなかった感情の強さに、瑛簫の胸は熱くなる。

けれども、それが彩夏に向く思いであれば、その強さも怖くはないのだ。

「ん……」

呟いた瑛簫は、薄目を開ける。これまでに何度か目覚めたときは瞼がくっつくように重かったのに、今はすっきりと目が覚めた。

「……彩夏様」

胸の近くに微かな重みがあることに気づいた瑛簫は、突っ伏すように眠っている彩夏の姿に驚き、声を漏らす。彼の姿を見るだけで、心臓が激しく震えた。

その声に彩夏ははっと身を起こす。

「瑛簫！　目を覚ましたのか」

「はい」

見ればわかるでしょうなどという可愛げのないことは言わず、瑛簫は唇を綻《ほころ》ばせようとする。だが、長らく寝ていたせいか上手く動かず、微かな動きに留まった。

「どこか痛くはないか？　苦しいところは？」

「特に、何も」

まだ声が出づらく、音が喉に引っかかるようだ。だが、彩夏は瑛簫の発音を無事に解したようで、ほっと笑みを浮かべる。

「そうか。腕の傷は暫《しばら》く痛むらしいが、十日もすれば塞《ふさ》がる。背中のほうが傷は浅い」

「はい」と頷いた瑛籥は、自分が何日寝込んでいたのかが気になった。

「あの、私はどれだけ寝込んでいたのでしょうか？」

「一昼夜だ」

質素な袍を身につけた彩夏は、淡々と答える。髪も適当に束ねただけという様子で、顔には衣服の痕が残っている。腕が痺《しび》れるのか、何度も彼が手を振る様が、妙に子供っぽくて可愛らしかった。自分の目が覚めるまで彩夏がここにいてくれたことが、たまらなく嬉しい。

「女将に頼んで、おまえの看病をさせてもらった。私のせいで、怪我をさせたからな」

彩夏はあくまで気丈な口ぶりで、普段と大差なかった。

「ありがとうございます。ずっとそばにいてくれたのですか？」

「まあな」

「それで、釵は？」

彩夏は「ここだ」と自分の髪を指した。

陽射しの中でよく見ても質素な釵で、彩夏にはもっと華やかなものが似合うはずだ。なのに彩夏がどうしてそれにこだわったのかが、瑛籥には解《げ》せなかった。そんな瑛籥の疑問を読み取ったらしく、彩夏は言葉を続けた。

「姉の形見だから、どうしてもなくしたくなかった」

「ああ、それで……見つかってよかったです」

安堵する瑛簫を見て、彩夏は複雑な顔つきになる。

「いいのか悪いのか……もうわからぬ。そのせいで私は、おまえまで失うところだった」

一転し、どこか辛そうな張り詰めた声に、瑛簫の心はざわめいた。

「無茶は、お互い様です」

「おまえのほうが、無茶だ」

潤んだ声で彩夏は呟き、そしていたたまれない様子で俯く。彼のほっそりした指は血の気を失うほどに握り締められ、彩夏が感情の大半を押し隠していることを如実《にょじつ》に表していた。

「あなたが好きです、彩夏様」

「……もうやめろ、瑛簫」

寝転がったままでは本気を示せないと、瑛簫は強引に身を起こして彩夏を見下ろした。

「どうしてですか？」

「私はおまえに相応しくない。なのにどうして、おまえは……」

彩夏の声が途切れる。

「とにかく、おまえは初めて寝た男を相手にのぼせ上がってるだけだ。目を覚ませ」

こんなときにまで説教をしてくる彩夏は、自分をなんとも思っていないのか。

目は真っ赤で、いつもと違って疲れきった顔つきをしている。なのに、瑛簫に対する思いは、欠片《かけら》だって存在しないのだろうか？

「一度生まれた気持ちを否定できません」

「だが、私は……他人を身代わりにする、弱く醜い人間だ。おまえの前に立つのが、辛い」

「彩夏様……」

「しかも私の好きだったお方は、義理の兄だ。家族としてよくしてくれる相手にすら、欲望を抱いていた……。醜いだろう？」

「そんなことはありません！　人を好きになることを、そう簡単に止められるはずがない」

真実を知らされても、関係ない。それどころか、いつも毅然と凜《りん》としていた彩夏の弱さを目《ま》の当たりにし、言い知れぬ甘い感情が、どっと胸の奥から噴き出してきた。

彼の思い人がその義兄と知らされてもあまり落胆がないのは、今の言葉がすべて過去形だったからだ。

彼は意識していないのかもしれないが、その思いを乗り越えたのではないか。

それに何よりも、己の虚飾を取り去った彩夏が愛しかった。彼が誰を好きでも構わないと思えるほどに。

これが、彩夏だ。彩夏の本当の姿なのだ。

最初に瑛簫を思い人の身代わりにしていると言ったときでさえも、彼はこんなに弱さを曝《さら》そうとはしなかった。だけど、今は違う。自分を偽ることも飾ることもしないで、瑛簫の前に己を曝けだしてくれている。

抱き締めたかったが身動きができず、瑛簫は彩夏の指に触れ、そっと握り締める。

拒まれなかった。

そのことに安心しつつ、瑛簫は続けた。

「人は誰もが弱く、醜いもの。私もまた、己がそうであることを知っています。彩夏様が殊更醜いわけではありません」

「おまえは真っ直ぐで優しく、非の打ち所がない人間ではないか！」

「まさか」

瑛簫は彩夏の言葉を、言下に否定した。

短いせいであまりに強い口調になってしまったからか、彩夏が驚いた様子で顔を上げる。

「おまえは養父のために、こんなところまで身を落とした。それが何よりの証《あかし》だ」

「いいえ、ここに来たのは己の意思です。私は寺から――修行から逃げたのです」

「逃げた？」

「私には我欲がない。だからこそ、人を救うことができぬと常々養父に言われてきました。欲がない者には、人の感情を解せない。苦しみがわからないと」

目を閉じると、そのときのことをまざまざと思い出せる。

確かに、瑛簫は自分の身を売るという事実さえも淡々と受け容れた。

絶望すらできなかったのだ。

「欲を捨てることが修行ですが、最初から欲がないのでは意味がないのです。このままでは、僧侶として早晩行き詰まるのは自明だった。そうわかっていました。だから、借金にかこつけて逃げたのです、修行の場から」

誰にも言えなかった自分の醜悪さを、瑛簫は今ならば受け容れることができる気がした。目を逸らすことで逃げてきた、その事実から。

「弱さもまた、おまえ自身だ」

彩夏の声は、とても穏やかだった。

「そうです。弱さもまた私の一部。でも、そう思えるようになったのは、彩夏様に出会ったからです。逃げるためにここに来たのではなく、あなたに出会うためにここに来たのだと、素直に信じられるようになった。あなたのおかげで、私は生まれ変わったのです」

はじめから、彩夏のことがとても気になっていた。男妓と遜色《そんしょく》がない美しい貌《かお》をしているのに、彩夏はいつも自分の存在を恥《は》じ、顔を隠そうと下を向いてばかりいた。

彼は己の欲望を疎んでいたが、それは瑛簫にとって羨望《せんぼう》の対象だった。

欲望があるというのは、本能よりも強い望みを持つことができるのは、人の特権だ。どんなに取り繕っても、隠そうとしても、人間らしさを消すことはできない。そんな彩夏の葛藤《かっとう》さえも愛おしかった。

「——私のことは、嫌いですか」

瑛簫が真顔で尋ねると、彩夏が目を瞠った。

「何を、」

「あなたが誰を好きでもいいし、身代わりになるのも構わない。でも、私を嫌いだとおっしゃるのなら、もうつきまといません。この郷であなたを見つけても、知らないふりをします」

それは他意も何もない、瑛簫の真情から生まれる言葉だった。

彩夏に嫌な思いをさせたくはない。けれども、今の自分はどこかがおかしい。愛する人を見つけた喜びと初めて知った情熱に押され、すべての感情が彩夏に向かおうとしている。このままでは彩夏を傷つけ、苦しめるのではないか、それが怖かった。

「……好きに決まってる！」

俯き、押し殺した声で、彩夏が訴える。

「好きだ。おまえなど……男妓など好きになっても苦しいだけなのに、——義兄上ではなく、おまえが好きだ……」

「苦しい、ですか」

瑛簫の胸は、ずきりと痛んだ。

両手で頬を包むようにして彼を上向かせると、彩夏の澄んだ目には涙が滲んでいた。いつも強気で瑛簫に対して年上の態度を貫こうとする彩夏にしては、珍しいことだった。

けれども、それもわかるのだ。

男妓である瑛簫が自分を愛してほしいと願うのは、ともに地獄に堕《お》ちてほしいと望むことでもある。これから先、瑛簫は借金を返すために躰を売り続けなくてはいけない。彩夏一人のものには、決してなれない。渡せるのはこの心だけだ。

なのに、彩夏の愛が欲しい。

心の底から。

それもこれも、すべて己の胸に宿る情熱ゆえに。

「すみません。あなたを好きになったことを、許してください」

「おまえは……酷い男だ」

涙声で言う彩夏が、唇を塞《ふさ》いでくる。壁に押しつけられるかたちになった瑛簫は、傷が痛むのも構わずに彩夏の背中に腕を回した。

自分からしたことや、弾みでされたことはあったが、彩夏からのこんな熱烈なくちづけは初めてだった。

唇から瑛簫の魂を吸い取る如《ごと》き激しい接吻《せっぷん》は、彩夏の覚悟の度合いを示すかのようだ。口腔《こうこう》を掻き混ぜられているうちに、不純なことに、躰の中枢が熱くなってくる。

舌も唇も、どろどろに溶けてしまいそうだ。それくらいに彩夏の存在は熱く、自分の心身に火を点けてくれるのだ。

うっすら目を開けると、彩夏は瞳を閉じて懸命に瑛籥の唇を貪っていた。その表情は懊悩《おうのう》を滲ませ、やけに色香が漂っている。

どうしよう。このままでは、欲しくなってしまう。

「彩夏様、瑛籥は……」

唐突に入り口の扉が開き、簾《すだれ》を潜った想春と色子の志宝《しほう》が「あ」とばつが悪そうな声を上げる。同時に彩夏がぱっと躰を離した。

「お、起きたのか、瑛籥」

「はい、ご心配おかけして申し訳ありません」

「悪い、二人とも……えっと、ほら、彩夏様に差し入れを……」

しどろもどろになった想春の手には、紙包みが握られている。

「ありがとうございます」

耳まで赤くなった彩夏が立ち上がり、想春からそれを受け取った。

「邪魔したな。戻るぞ、志宝」

「はーい」

「あ、女将には言っておくから、少しのんびりしてな」

想春はそう付け加えると、悪戯《いたずら》っぽく笑った。

戻ってきた彩夏は、照れくさそうに牀榻の下に膝を突き、「腹は減ってないか」と問うた。

「平気です。それは？」

「干菓子《ひがし》だと思う。昨日ももらったんだ」

「彩夏様の好きなものを、想春さんと志宝が知ってるんですか？」

「おまえが言ったんだろう」

彩夏はぶっきらぼうに言った。

「だから、昨日も持ってきてくれた。疲れただろうと……」

「そうでしたか」

「おまえの同僚は、いい人たちだな」

そんな彩夏の言葉に、瑛簫は「はい」と笑う。

「でも、今はあの人たちの話をしないで、私のことを考えていてください。そうでなくては、嫉妬してしまう」

「まだしていなかったのか？」

照れたような、からかうような声が新鮮で、思わず笑みが零《こぼ》れる。

「もう、しています」

瑛簫は告げるなり、彩夏を引き寄せてその唇をもう一度奪う。その拍子《ひょうし》に彼の手から、干菓子の紙包みが転がり落ちた。

「ン……」

鼻にかかった声を彩夏が漏らし、縋《すが》るところを求めるように瑛簫の肩を軽く摑んだ。背中の傷がわずかに痛んだが、それくらいどうということはなかった。

「彩夏様……彩夏様、」

何度も呼びながら彼の衣服に触れ、せめて首元だけでも緩めてその魅惑的な膚を露にしようとする。

「……挿《い》れてくれ……」

「え……」

首に顔を埋めてくちづけていると、彩夏が控えめな声でねだった。

まだ衣さえ脱がせていないのに。

「欲しかった……ずっと……」

そんなことを言われると、止まらなくなってしまう。

「だめです、こんな」

「代金は払う」

「そうではなくて……」

「して、瑛簫」

顔を離した彩夏の瞳が情欲に濡れているのを見た途端に、堪えきれなくなった。

「っ」

瑛簫は先ほどまで自分が寝ていた汗臭い褥《しとね》に彩夏を押し倒し、下だけを強引に脱がせる。その脚を抱え込むと指を唾液《だえき》で湿らせ、慎《つつ》ましやかな窄《すぼ》みを強引に拡《ひろ》げさせた。意外なことに彩夏のそこはすっかり蕩けており、すぐにでも瑛簫を受け容れることができそうだ。

「すごい……」

「欲しかったから」

触れられただけで、綻びてしまったとでもいうのだろうか。

思わぬことに悦びが溢れ、瑛簫は思わず彩夏のそこに自分の性器を押しつける。そして、ぐっと腰を進めた。

「……ーッ！」

まだ営業前で隣室にはほかの男妓がいるはずなのに、彩夏の唇からあられもない歓喜の喘《あえ》ぎが迸った。

「すごい……瑛簫……っ」

「熱い……何で、こんな……」

瑛簫は呻きつつ、強引に彩夏の中に入り込んでいく。いや、入るというよりは引《ひ》き摺《ず》り込《こ》まれていくというのが、相応しいかもしれない。

こんな躰、知らない。

華奢で力を込めれば砕けてしまいそうなのに、中は奥深く瑛簫を包み込む。

瑛簫の額やこめかみから汗が滴り、彩夏の袍にぱたぱたと滴った。

「瑛簫、瑛簫……！」

嬉しい。こんなに名前を呼んでくれるなんて。

我を忘れて喘ぐ彩夏が、とても愛しくて、可愛くてたまらない。

「いいですか？」

「ん、いい……気持ちいい……」

動くと傷に響いたが、そんなことはすぐにどうでもよくなった。

瑛簫は繋がったままの身を倒し、がむしゃらに彩夏の唇に自分のそれを押しつけ、貪る。

吸い上げ、咀嚼《そしゃく》し、絡めた舌も溶かして、そのまま嚙み砕いてしまいたかった。


「彩夏様、これ、どうですか？」

瑞香楼でも最も年若い色子の志宝に問われて、彩夏は「いいね」と微笑する。

今日は瑞香楼の一階の酒楼部分で、さまざまな商品を手に妓院を回る商人が店を広げている。卓子の上に多くの布や衣、装飾品が並べられており、離れた席の彩夏も色子たちの騒ぎを眺めていた。

見立ててやるつもりはなかったのだが、志宝に頼まれると嫌とは言えない。妓楼の遊妓たちにさえも自分の存在を見られたくない、覚えられたくない、そんな気持ちが先に立っていたのに、気づくと彩夏は店の色子たちに馴染んでいた。

きっかけは、瑛簫を看病する彩夏の身を案じ、志宝が差し入れをしてくれたことだ。

——これ、差し入れです。看病、疲れるでしょう?

そうして志宝が運んできたのは、彩夏の好きな干菓子だった。

聞けば、常日頃から瑛簫が彩夏のことを口にしていたのだという。彩夏の好きなもの、好きな酒、好きな色。それで彩夏のことは覚えてしまったと、志宝はおかしそうに言った。

普段なら鬱陶《うっとう》しいと思ってそれを拒んでいただろうが、意地を張る余裕すらなく、彩夏は有り難く受け取った。

それどころか、あのときは嬉しさに涙が零れるかと思った。

楼においては、水や茶は無料だが、食料は食費がかかる。それでも休まずに瑛簫を看病する彩夏を思い、志宝は差し入れをしてくれた。

志宝の年齢では、借金を返す日々は始まったばかりだ。なのに、わざわざ彩夏のために干菓子を買ってくれたのだ。

人の優しさというもの、あたたかさというものを、初めて教わった気分だった。

昔、孝陽が教えてくれた感情だ。なのに、彩夏は自分を恥じるあまりに、他人からの優しささえも拒み、理解しようとしなかった。

そのことを、まざまざと思い知らされた。

以前までは妓院に通う自分に忸怩《じくじ》たるものがあったが、色子たちの一人一人と接するうちに、それは間違った考えだと思うようになっていた。

彼らにとっては、躰を売ることは立派な職業だ。様々な思いはあろうが、多くの者は真っ向から自分の仕事と向き合っている。それを買う彩夏が徒《いたずら》に己を恥じるのは、失礼なことではないか。

「彩夏様？」

ぼんやりしたところでもう一度志宝に話しかけられ、彩夏ははっとした。

「その色はおまえによく似合う。顔色に映えてとても綺麗だ」

「では、これにします！　彩夏様の見立ては、評判がいいんですよ」

「それはよかった。差し色にはこちらを。この単なら、着回しが利くし高くもない。おまえがよく着ている、朝顔の柄の衫とも組み合わせられる」

「あ、そうか！　それ、いいですね」

志宝はぽんと手を叩いて、はしゃいだ声になった。

なるべく安く、それでいて仕立てやすそうな布を選んでやると、商人は「さすがにお目が高い」と苦笑する。

「いけないか？」

「彩夏様が手伝われると、お買い得なものばかり当てられちまって、こちらの商売もあがったりですよ」

それでも品物が売れたことが嬉しいらしく、商人は文句はないようだった。

阿礼《あれい》に帰らなくてはいけない、そうわかっているのに、日常になかなか戻れずにいる。いつ看病が終わるかわからなかったので、御者に手紙を託して、馬車は先に帰した。家に帰るのは歩きと行き合った者に金を払って乗せてもらえば、何とかなるだろう。

買いつけや取引を兼ねていたので、もう一月以上家に戻っていない。これからまた別の取引先に寄るつもりだったから、帰宅するのは秋になってからだ。

ここまで長く家を空けたのは初めてだ。

けれども、淋《さび》しくはなかった。義兄と会えないことも、悲しくはなかった。

昼間は妓楼のことを手伝い、夜はひたすら瑛簫に溺《おぼ》れているせいか。

店の女将は看病をした代金にと少々割り引いてくれたものの、元はと言えば彩夏が怪我をさせたのだ。金がかかることには変わりがなかったが、瑛簫は看病の御礼と称して代金を負担することを選び、登楼の代金は瑛簫の身上りとなった。

そのあいだにも何人もの客が来たので、彩夏は焼き餅を焼かずにはいられなかった。

この頃瑛簫は妙に色っぽくなったと拗《す》ねる彩夏に、彼は「あなたのせいですよ」と笑った。

彩夏のことを考えていたから、それがきっと翳《かげ》りになったのだろうと。

男妓の方便か本心か、どちらにしても嬉しいことには変わりがない。

「ありがとうございます、彩夏様」

「どういたしまして」

商人が帰ったあとに改めて志宝に礼を言われ、彩夏はそう返す。

「彩夏様、いっそのことこちらで商売なさったらどうですか？」

志宝は明るい顔で言ったので、彩夏は思わず目を瞠った。

「商売を？」

「そうですよ。そうしたら、居続けなんてしなくてもしょっちゅう瑛簫の顔を見られるし」

「それは楽しそうだけどね……明日には帰るつもりだ」

彩夏は首を振る。どのみちこの恋は一過性の熱病のようなもの。長続きするわけがない。

年若い瑛簫が恋心を御せるようになれば、すぐに終わってしまうだろう。

「残念です。でも、またお店に来てくださいね」

「ありがとう、志宝」

彩夏が微笑むと、志宝が「う」と頬を染めた。

「どうしたんだ？」

「彩夏様って、綺麗なんだなあって」

「何を言う、藪《やぶ》から棒に」

「すみません」

志宝は肩を竦《すく》め、そして笑った。

「でも、最近の彩夏様はすごく好きです」

「前は嫌いだったのか？」

彩夏がからかうように問うてやると、「そうじゃなくて！」と志宝は手を振った。

「角が取れて、すごく優しい方だってわかったんです。前も茶店でそう思ったんですけど……ちょっと怖かったし」

「干菓子をもらったからだ」

彩夏がつんと澄ました顔になったが、もう無駄だった。志宝は「今更ですよ」と声を立てて笑った。

「おまえは、素直でいい子だよ」

「ありがとうございます」

誉《ほ》められて素直に礼を言えるあたりが志宝の美点で、彩夏も弟のように可愛がってやりたくなる。

こういう他愛《たわい》のないやりとりが、とても居心地がいい。

瑛簫に出会って、自分は変わった。

きっと、いいほうに。

今ならば、義兄にも正面から向かい合える気がする。そろそろ、心安らかに帰途に就けそうだ。

何よりも自分の中にある孝陽への思いは、今や恋心ではない。ただの家族愛だ。

ならば、そこからやり直せるのではないか。

兄と弟として、もう一度家族として始めたい。

生まれて初めて、彩夏はそう思った。

# 8

「彩夏《さいか》殿、もうすぐ阿礼《あれい》ですよ」

「……ああ」

荷台に腰を下ろし、掠《かす》れた声で言った彩夏は、頬杖を突く。

馬車で阿礼へ送ってくれた老人は陽気な男で、道中いろいろなことを話してくれたが、彩夏はほとんど上の空だった。

気を抜けば、瑛簫《えいしょう》のことを思い出してしまって。

離れて七日近いというのに、まだ躰のあちこちに瑛簫の片鱗が残っている気がする。

指折り数えれば、家を出てもう二月近い。

看病を終えて取引先に寄ったあとに真っ直ぐに帰ればいいのに、瑛簫の怪我の具合を見るという口実で、彩夏はまたも桃華郷《とうかきょう》に戻って彼と二晩を過ごした。

時間と金が許せばもっと留まりたかったが、義兄の好意にそれ以上は甘えられなかった。

名残惜しくて、瑛簫とは何度もくちづけを交わした。

本当は、離れたくない。

そう思ったけれど、どうしても口に出せなかった。口に出したら最後、もう二度と離れられなくなりそうで。

こんなにも溺れるなんて、我ながらどうかしていた。

彩夏は唇を嚙んだ。

「ほうら、見えてきた。いい天気ですねぇ」

「本当だ」

自分は雨男なのに、今日はすこぶる快晴だった。埃の向こうに煙《けぶ》るように、故郷が見えてきた。

「城内までお送りしますか」

金を払って乗せてもらっているだけなのに、老人は親切だった。

「いや、それはさすがに手続きが面倒だろう。ありがとう」

「どういたしまして」

阿礼の城内に入るには検問があり、通行証が必要なので、その手続きはいささか面倒だ。

そこまでしてもらうのは、申し訳なかった。

孝陽《こうよう》の店は市の中心部にあり、ここからはまだ少し歩かなくてはいけない。

「……暑いな」

桃華郷も温暖だが東寄りの阿礼はもっと暖かく、秋にはまだ遠い。歩いているだけで、汗ばんできた。

「ん……？」

懐かしい店が見えてきたが、安堵の気持ちよりも先に違和感が込み上げてくる。

その正体は、すぐに知れた。

このかき入れ時だというのに、人影がまるでないのだ。

なぜだ？

急ぎ足で近づいた彩夏は、店の扉が閉ざされていることに驚き、首を傾げた。

休み、だったのか。

働き者の孝陽は、よほどのことがなければ店を休むことはない。たとえ彼が具合が悪かったとしても、胡徳《ことく》がいれば店は開くからだ。

もしや、皆が流行病《はやりやまい》か何かで倒れて誰も店を開けられないのか。

不安になった彩夏は戸を何度か叩いたが、返事はない。道行く人々の奇異の視線を受けた彩夏は表から入るのを諦め、裏口へ回った。

裏門は幸い開いており、木戸から入ることができた。

「…………」

真っ先に視界に飛び込んできたのは、荒れ果てた様子の庭だった。

これは一体、どういうことなのか。

しかも、いつも使用人たちがきびきびと働いていたはずの蔵は人気《ひとけ》がなく、廻廊《かいろう》には枯葉が溜《た》まっている。庭木は萎《しお》れ、一足早い冬の到来を思わせた。

ぞくりとした。

これではまるで、廃屋《はいおく》ではないか。

「誰かいないのですか！」

たまらなくなって、彩夏は叫ぶ。

「義兄上！　胡徳！　小倫《しょうりん》！　義兄上！」

もう一度声を張り上げると、漸く木戸が開いて家の中から義兄が姿を現した。

「義兄上……」

駆け寄った彩夏が言葉を切ったのは、すっかり窶《やつ》れた孝陽の後ろに卓川《たくせん》がいたからだ。

そのにやけて緩んだ顔に、彩夏は不吉なものを覚えた。

「…ただいま戻りました、義兄上。遅くなりまして申し訳ありません」

「待っていたよ、彩夏殿」

代わりに返事をした卓川のねっとりと粘るような声が、鼓膜だけでなく皮膚に貼りつくようだ。まるで窒息させられそうなその粘度に、彩夏は心底ぞっとした。

「……お久しぶりです、卓川様」

今は卓川を無視したかったのだが、それはできぬ相談のようだ。仕方なく彩夏は、卓川にも挨拶をした。

項垂《うなだ》れる孝陽は、一言も発しようとしなかった。

「店はどうしたのです？　皆は？」

「……皆には暇を与えた」

漸く、孝陽は力ない声でそれだけを告げる。

「どうして！」

思わず声音がきついものになってしまい、彩夏は急いで自分の口許を右手で押さえた。

「君の兄君は、わしに借金をしていてねぇ」

卓川はにやにやと笑い、彩夏をねちっこい視線で眺め回した。

「こちらも先代からのつき合い、できれば待ちたかったのだが、そういうわけにもいかない。話し合った末、この店ごともらうことになったんだよ」

「そんな……」

すうっと血の気が引いていく。

店を手放せば、孝陽は暮らしていけなくなる。無論、それは彩夏も同じだ。

しかも突然解雇などされて、多くの使用人も路頭に迷っているのではないか。

「義兄上、どれほどの借金なのです!?」

「金十袋だ」

足許がぐらりと傾ぐような錯覚に囚われ、彩夏は呆然とする。

「そんなに……」

このあたりでは十年は遊んで暮らせそうなほどの借金を、一気に抱えたとは思えない。

どういうことだ？　そう必死で考えても、答えには辿り着きそうになかった。

「一体、いつの間にそれだけの借金を……」

「五年ほど前からだ。胡徳にも上手く誤魔化していたが……」

では、彩夏が桃華郷に行き始めた頃からではないか！

あまりのことに、言葉が出なかった。

自分は雨家の人間ではないからと、名ばかりの番頭として責任を負わず、経営には極力口を挟まずにいた。

それに、いくら孝陽でも、困ったことがあれば自分に相談するだろうと思っていたが、そうではなかったのだ。

義兄はいつも、肝心なところで彩夏のことを蚊帳《かや》の外に置いていたのだ。

しかしそれは、彩夏の無意識の望みではなかったのか。

義兄とは他人でいたいと、いう。

彼に受け容れられたいと思いつつ、その立場に甘んじてきたのは自分だ。

「卓川様。何とかして借金はお返しいたします。ですから、この店だけは義兄に返していただけませんか」

彩夏がその場に跪《ひざまず》き、叩頭《こうとう》するのを見た卓川は、じつに嬉しげに笑った。

「そうじゃのう……金十袋は大金だが、場合によってはなかったことにしてもよいぞ？　なにせ、孝陽殿とは父上の代から懇意にしているからなぁ」

「本当ですか？」

粘ついた語尾が気味悪かったが、日頃の卓川からは信じられぬ寛大な処置に、彩夏はぱっと顔を上げる。

「うむ、その代わり、そなたがわしの元に来るのだ」

意味がわからずに、彩夏は「え」と細い眉を顰める。

「嫁入りのようなものかのぅ」

「卓川様には、お嬢様はおられなかったはずです」

「察しが悪いぞ、彩夏殿。そなたはわしの妾《めかけ》になるのじゃ」

「な……！」

驚きに打たれて先に声を発したのは、孝陽のほうだった。

「正気でおっしゃっているのですか、卓川様！」

「勿論だ、孝陽殿」

信じられなかった。

自分のことを、男妾《だんしょう》として扱うだと？

「すぐにとは言わぬぞ、彩夏殿。ただ、それまではこの店は借金の形《かた》。店を開けることはできぬがな」

この脂ぎった気持ち悪い男の妾になれば、躰を求められるに決まっている。

こんな男に抱かれなくてはいけないのか？

嫌だ。絶対に嫌だ。

しかし、義兄にはこれまで育ててもらった恩がある。結局は赤の他人である彩夏を家族として遇してくれた。それに、店の財政が破綻《はたん》した一因は、彩夏の遊蕩《ゆうとう》にもあるはずだ。確かに花代は自分で払ったが、商談のついでとなるときは、郷までの余分の旅費も経費にし、店の負担にしていたからだ。責任逃れをすることなど、どうしてできようか。

そのうえ、借金の額の割にこの条件はある意味で寛容とも言えた。

「――わかりました。私を妾にしてくださいませ、卓川様」

思ったよりも静かな声で、結論を述べることができた。

「ほう？」

「どういうことかわかっているのか、彩夏！」

卓川の言葉を遮り、顔を真っ赤にした孝陽が珍しくも怒気を露にする。

嬉しかった。これで……十分だ。

義兄は自分を、哀れんでくれている。こんな男の妾にしたくないと、思ってくれるのだ。

彼の慈しみが家族に対する情念でも、それでもいい。

瑛籥がいるからだ。

彼のおかげで、自分は他者から愛される喜びを知った。瑛籥に二度と会えないことは悲しいが、けれども、彼は男妓だ。どうせ娼妓の恋など、一瞬で消えてしまう火花のようなもの。

瑛籥はこの先も多くの者と膚を重ね、そしてつれない彩夏のことなど忘れるだろう。

何もかも、これでよかったのだ。

嘘だ。……胸が痛い。

壊れそうなくらいに激しく、心臓が脈打つ。

心臓を押《お》し潰《つぶ》されるのではないかと、思った。

あの晩、怪我を負った瑛籥を見守って過ごしたように、苦しくてたまらない。

「卓川殿のお申し出の意味はわかっております、義兄上」

「まあ、すぐにとは言わぬぞ。明日の朝、また来よう」

「はい」

後に退《ひ》くつもりはない。今まで自分を守ってくれた義兄を、今度は彩夏が守らなくてはいけなかった。

「どうか考え直しておくれ、彩夏。必死で働けば借金も返せるはずだ。おまえが辱《はずかし》めを受ける謂《い》われはない」

「義兄上。いくら再出発したいと思っても、金十袋という莫大《ばくだい》な借金がある身の上、更に金を貸してくれる親切な方がいるとは思えません」

彩夏はきっぱりと言いながら、髪を結う。

堂々巡りのこの会話は、既にここ二日で数え切れないほどに繰り返されていた。

義兄は彩夏を妾になどしたくないと言ってくれるが、彼はただ優しさからそう口にするばかりで、明確な解決方法を持ち合わせていない。

たとえば彩夏とこの街から逃げようと言ってくれれば、自分は喜んでついていったかもしれない。けれども、義兄にそれだけの決断力はないのだ。

「大体、こんなものをおまえに着せようとするなんて……」

卓川より届いたのは、紅色の華やかな婚礼衣装だった。このあたりでは白は葬式の色として嫌い、婚礼には専《もっぱ》ら赤が使われるのだ。

彩夏もその衣を見たときは、怒りのあまり罵《ののし》りの言葉を発したほどだ。

おまけに、卓川は花嫁を乗せる輿《こし》と担ぎ手まで寄越してきた。

これで引き回し、卓川の家に妾として入ることを阿礼の街中に喧伝《けんでん》せよというのか。

……最悪だ。いい恥さらしではないか。

「彩夏、すまない」

紅色の衣を手に唇を嚙み締める彩夏に、孝陽は悄然《しょうぜん》と言う。

「いいのです、義兄上」

彩夏は強張った口許を動かし、何とか微笑んだ。

「私はこれまでさんざん、桃華郷で愉《たの》しんでまいりました。もう思い残すことはありません」

彩夏は「着替えますので」と義兄を部屋から追い出すと、衫《さん》に袖を通す。

高々と結い上げた髪には煌びやかな釵《かんざし》を差し、装飾品で自分を飾り立てた。

こうでもしなければ、やりきれない。せいぜい派手やかな装いをして、卓川が卑怯な好き者だと世の人々に知らしめてやろうではないか。

部屋を出ていくと、待ち受けていた孝陽が「彩夏」と声をかけてくる。彼に向かって、彩夏は精いっぱいの笑みを浮かべた。

「それでは行ってまいります、義兄上……いえ、孝陽様」

「彩夏！」

もうこの人を義兄とは呼べない。

絆《きずな》はここで、断ち切られてしまったのだ。

一緒にいられて、本当に幸せだった。

身寄りのない彩夏のことを、十数年も養ってくれた。そのことは、どれほど礼を言っても足りないほどだ。

「悲しまないでください、孝陽様。私は姉ではないのですから。これが私の選んだ人生ですし、あなたがそうやって責任を感じることはないのです」

「家族じゃないか！」

「一番根本的な血の繋がりは、なかったじゃないですか。偽物だったんですよ、何もかもが」

わざと毒のある口調で言うと、彩夏はその関係を断ち切ろうとした。

そう、孝陽とは家族だった。

最初から、最後まで。

通じることのない苦しい思いは、自分の中で漸く昇華され美しい思い出に変わった。

だけど――瑛簫は？

すぐにでも、瑛簫に会いたい。

何度も何度も彼に抱かれ、そのたびに満たされたはずなのに、もう二度と会えないのだと思うと、せつなく胸が疼《うず》いた。自分はまだ瑛簫を求めているのだと、自嘲したくもなった。

「彩夏、許してくれ。私はおまえのいい義兄になれなかった……」

「いいえ、素晴らしい義兄でした」

「違う……」

呻くように、押し殺すように孝陽は言葉を吐き出した。

「せめておまえや胡徳に一言、相談すればよかった。だが、私にも見栄があった。頼ってくれるおまえに、少しでもいいところを見せたかったんだ」

肩を落とした孝陽の顔は憔悴《しょうすい》しきっており、彩夏は首を横に振る。

「尋ねなかった私が悪いのです。申し訳ありません」

「おまえが悪いわけではないんだ、彩夏。全部私が……」

「いいえ、悪いのは私です。だから、あなたは私のことを忘れてください」

彩夏はそう言って義兄に深々と一礼し、踵を返して輿へ向かう。

「彩夏！」

呼び止めようとするその声に、振り向けば泣いてしまうかもしれない。

ゆえに、ひたすら前だけを見て毅然と進むつもりだった。

これが運命なのだ。

自分はこれから、あの卓川の妾になる。

瑛簫にはいずれ文を書いて、それで別離としよう。

どのみちいつか来るはずだった別れが、今日来たということにすぎない。悲しむのは無駄なことだった。


卓川の閨《ねや》は、庭に面していた。

朱塗《しゅぬ》りの寝台はやけに下品で、そこにまた真っ赤な帳《とばり》を下ろしている。紅閨《こうけい》というにはあまりに低俗で、うんざりするほど品がなかった。

覚悟を決めていたとはいえ、背筋が冷える。指まで冷たく、時々息を吹きかけてあたためてみたが、意味のないこととなった。

「さて、呑み直そうかのう」

卓川は下卑た笑みを浮かべると、牀榻《しょうとう》に腰を下ろした。

「酌をしておくれ」

「かしこまりました」

彩夏は唇を震わせ、卓川の前に跪いてその椀に酒を注ぐ。

その手が震えてかちかちと音を立てるのを、卓川はにやけた顔で眺めていた。

「よい眺めじゃ、彩夏殿」

答える言葉が、なかった。

彩夏はただ唇を動かすだけで、それは音にはなり得ない。

「わしはいつも想像していたのだよ、そなたをどうやって穢そうか、どうやってその服を剝《む》いて裸にしてやろうかとな」

歯茎が見えるほどに唇を捲《めく》り上げて笑った卓川に彩夏は本能的な嫌悪感を抱いた。

しかし、こうすることでしか孝陽たちを守れないのだと、必死で堪える。

「そなたのこの美しい貌に、淫水《いんすい》をかけてやるのも愉しみだったのじゃ」

悪趣味な発言に、彩夏は黙り込んだ。

「その美しい唇に陽物を咥《くわ》えさせてやろう。臀《しり》もじっくり、開発してやらねばならんのぅ」

気味の悪いことばかり並べ立てられ、不快感が募る。

卓川は酒を続けざまに二杯呑み、「このあたりにしよう」と笑った。

閨には燭台がいくつも灯され、妖《あや》しい光を放っている。

彩夏は自分の婚礼衣装を脱ごうと帯に手をかけたが、「やめよ」と押しとどめられた。

「こちらだ」

そのまま腕を引かれ、強引に牀榻に押し込まれる。

そのせいで帳が破れ、彩夏は重い衣装を纏ったまま組み敷かれた。

「卓川様」

「ふふ、このましたかったのだよ」

脂ぎった顔を近づけ、卓川が彩夏の臀を衣の上から撫で回した。

ぞっとした。

こんなものは大したことではないと、彩夏は己に言い聞かせる。

これまで多くの者に開いてきた躰だ。今更惜しむことはないし、気にしてはいけない。

——でも、心は違う。胸が張り裂けそうなほどに、今の彩夏はただ一人を求めている。

「しっとりとした膚じゃのう。まるで吸いつくようだ」

割った裾から手を差し入れた卓川は、足首から膝をねっとりとなぞった。

「…………」

快感など、欠片もなかった。

瑛簫に触れられるときは、あんなに心地よかったのに。

指で髪に触れられるだけで、感じたほどに。

接吻や直の愛撫《あいぶ》などなくとも、瑛簫の与えるほんのわずかな刺激だけで彩夏は昂《たかぶ》り、蜜を滴らせるほどに反応した。

だが、卓川に対して感じるのは不快感だけで、躰は一向に兆しそうにない。

なのに、男はお構いなしだった。

「花嫁を穢すというのもいいものだな」

下衆《げす》め、と彩夏は心中で毒づいた。

この男は彩夏を凌辱《りょうじょく》するつもりなのだ。

しかも、花嫁の姿で。

「覚えているかな？　この衣装は、彩夏殿、そなたの姉君が着ていたのと同じものだ」

「……ッ」

彩夏は動揺に息を呑んだ。

「あのときの衣装と同じものを作らせたのじゃ。よく似合うな」

卓川は、くっくっと喉を鳴らして笑った。

「さて、どうしようかの」

彩夏は唇をぎゅっと引き結び、行為に耐えるべく心を決める。

唇を奪われそうになって慌てて首を捻ったが、乱暴にその太い指で顎《あご》を摑まれた。

「おとなしくせよ」

酒臭い男の舌が、入り込んでくる。

その生温かさと臭気に、心底吐き気がした。

なのに卓川は止めることなく、彩夏の口腔を舌でねととと舐《な》め回し、時に唾液を啜《すす》る。

「そなたは唾液も甘いのぅ」

嫌だ、嫌だ……嫌だ。

蹂躙《じゅうりん》という言葉が相応しい、そんな接吻だった。

この男の行為は、桃華郷の男妓たちとは何か違う。それは何なのか。

力の抜けた躰で、彩夏はぼんやりと考える。

彼らは彩夏に対して臆することはなく、誇りを持って生きていた。躰を売りはしたが、彼らの多くにとって売笑という行為は、客を辱めることでも己を貶《おとし》めることでもなく、それは魂の交歓だった。

卓川のしようとしていることとは、違う。

そんなことのために、自分の躰を明け渡さなくてはいけないのか！

黒い目に涙が滲んだところで漸く解放され、彩夏は顔を背ける。

男は彩夏の衫を大きく捲り上げて袴《はかま》を脱がせると、下着を取り、臀を剝き出しにさせた。

「卓川様……！」

せめて衣を脱ぎたい。こんな格好は嫌だった。

「美しい花嫁じゃ。これを穢せるとはたまらぬことだなァ」

「嫌です！」

さすがに彩夏が抗《あらが》ったのを見て、男はよけいに興が乗ったらしく、嬉しげににたりと笑った。その下品な笑みが、ますます彩夏の不愉快さを煽った。

「なに、ここに雄を呑み込むだけの話。すぐに女などいらぬほどに慣らしてやろう」

秘蕾をそっとさすられ、詰めていた息が漏れる。

「おや、気持ちいいのかね？」

「そうじゃない……」

そこは嫌だ。絶対に。瑛籥にしか、もう許したくないのに。

わかっている。自分が我慢すれば、義兄や使用人たちは以前と変わらぬ暮らしを手に入れることができる。彼らに安逸を与えられるのだ。

だけど……！

「やめてください！」

「誰がやめるか」

のしかかってくる男の臭い息。もう、限界だった。

彩夏は咄嗟に男の肩を摑むと、その股間《こかん》を蹴《け》り上《あ》げる。

「ぐっ！」

急所を蹴られ、卓川が惨めにも呻く。

「な、にを……」

「おまえに穢されるくらいなら死んだほうがましだ！」

彩夏は舌を嚙もうと口を開けたが、覆い被さってきた卓川に頰を激しく張られた。

「ッ」

衝撃で口の中が切れ、血の味が滲む。

「許さんぞ！」

怒りに拳《こぶし》を震わせ、卓川が怒鳴った。

「姉弟揃《そろ》って、このわしに恥をかかせよって！　謝れ！」

卓川が憤怒に燃える瞳で自分を睥睨《へいげい》してきたので、彩夏は彼に唾《つば》を吐きかけた。

案の定、唾液には赤い血が混じっていた。

「おまえのような下衆な男に、私を穢す権利はない」

「この……生意気な……！　謝らんか！」

卓川は握り締めた拳を震わせ、彩夏の頬をもう一度張った。

二度、三度と立て続けに頬を張られ、寝台から引きずり下ろされて腹を蹴られた。

「誰、が……っ」

激しい打擲《ちょうちゃく》にぐったりと動けなくなった彩夏の顔を踏みつけ、息を荒くしていた卓川は言う。

「よかろう！　ならばおまえなぞ、桃華郷に売り払ってやる！」

「な……」

「しかも最下層の窯子にな！　死ぬまで客を取って、惨めに野垂れ死ぬがいい」

「……ッ……」

「それで借金を返してもらうぞ。おまえも本望だろう！」

それでもなお、卓川は殴るのをやめなかった。このままでは死んでしまう。
いや、いっそ死んだほうがいいのだろうか。
惨めな己の姿を、瑛簫に見せる前に。

# 9

桃華郷《とうかきょう》は、いつもと変わらず穏やかな日和だった。

冬だというのに温度が上がってきたようで、うらうらとした陽射しが眩《まぶ》しい。

瑛簫《えいしょう》に別れを告げるために瑞香楼《ずいこうろう》へ出向いた彩夏《さいか》のことを、厳信《げんしん》は店の前の茶屋で待っていてくれたので、共に歩きだした。一応、誰にも見られていないかを確認したから、彩夏が厳信とともに窯子へ向かったとは、瑛簫も気づいていないだろう。

「ごめんな、彩夏」

連れ立って歩きながら、厳信が謝る。

「何を気にしている、厳信」

彩夏は唇を綻ばせて、心優しい女衒を見やった。

「覚悟は決まっている。おまえが女将に話を通してくれたおかげで、瑛簫にも別れを告げることができた。ありがとう」

たった今告げてきた言葉が、脳裡《のうり》にわんわんと響いている。

——あなたという人が、私の心を動かしたのです。金では心までは動かせません。

——だが、私の心は金で動く。この先私がどうしようとも、おまえには関わりのないことだ。いいな？

納得がいかないと、そんな顔で瑛簫は自分を見つめていた。

それが悲しく、そしてどこかで嬉しかった。

追いかけてくれないのも、それだけ彼が動揺していたせいだと推測できたので、寧ろ安堵していた。彼の気持ちがまだ自分に向いている、そう信じられたからだ。

「……おまえはさ、弱いと思っていたけど意外と強いんだなあ……」

呟いた厳信の言葉に、彩夏はふと破顔する。

「でなくては、桃華郷にそう何度も通えぬだろう」

「ま、そういうもんかもな」

もう何も、残っていない。それがわかったためだろうか、彩夏の心はやけに平静だった。

現状が幸福なのか、不幸なのかわからない。

彩夏に拒まれたことに怒り狂った卓川《たくせん》は、閨での二度目の機会を与えなかった。彩夏を一月蔵に閉じ込め、諸国を回ってたまたま阿礼《あれい》を訪れた厳信に売り飛ばしたのだ。

窯子ならば常に入り用があるということで、厳信はその場で彩夏を買い取った。

その代金で義兄は借金を返済したことになり、店も彼の手に戻った。

今生の別れを告げにやってきた義兄の顔を、今も思い出す。

――厳信殿は……女衒だったのか！

驚愕《きょうがく》と嫌悪の表情を目にして、彩夏は漸く気づいた。口では寛容なことを言っていた義兄にも、遊郭や女衒への偏見があったことを、思い知らされた。

厳信の職業が女衒と知れれば、義兄を心配させるとばかり思っていた。だが、厳信が自分を買いにきたとき孝陽が彩夏に向けたまなざしは予想とまったく違っていた。たとえ一瞬であれ、彼は彩夏と厳信を穢らわしいものとして見たのだ。

人は誰しも、多かれ少なかれ欠点を持っている。

けれどもそれを認められないから、時に幻想の中に逃げ込む。相手が完璧な人間だと思い込もうとする。

彩夏もそうだった。

義兄の本当の姿を見ずに、彼を完璧な存在として崇《あが》め奉《たてまつ》っていた。

だが、義兄とて普通の善良な男で、同時に、彩夏に自分の才覚の欠如を打ち明けられない弱さを持っていたのだ。

それに気づこうとしなかったのは、彩夏の非だ。

勝手に義兄を理想化し、こうあるべき姿だと自分の望みを押しつけていた。

それは孝陽にとって、どれほどの重圧だったろうか。

義兄だって苦しかったはずなのに。だからきっと、義兄は借財のことを口に出せず、ずっと相談できずにいたに違いない。

自分の思いに苦しむあまり、相手の本当の姿を理解しようとしなかった、自分が悪かったのだ。

「やれやれ、だなあ。まーさか、おまえを窯子に売る日が来るなんてな」

「因果応報というものだろう」

「そうなのかな……」

乗り気しない様子で、厳信がため息をついた。彼の足取りは重く、うらぶれた通りへ向かうのも気が向かないようだった。

「とりあえず、あの爺《じじい》からおまえを買い取れば何とかなるかもって思ったけど、それ以上は、俺みたいな貧乏人にはどうにもならん。道中、何も浮かばなかった。ごめんな」

「ああ、それでその場で決断してくれたのか」

もっと慎重に人を売買するだろうと思っていただけに、厳信の態度が不思議だったのだ。閉じ込められているあいだも何度も殴られたので、厳信が品物を見るためと彩夏を検分したときは、顔はともかく躰は痣だらけだった。このままでは、彩夏が殺されてしまうと思ったのかもしれない。

「俺はあんたが好きだったよ、彩夏」

「え？」

厳信が一転して真面目な口調になったので、彩夏は凝然《ぎょうぜん》として一瞬足を止めてしまう。

「いや、恋愛の対象としてじゃなくてさ……友達としてだよ。特にその痛々しいところが」

「私が、痛々しい？」

「うん。瑛簫も別の意味で痛々しかったけどな。あいつの場合は、何も知らないで……、知らないのにこんなところに来て男妓になっちまったからさ。でも、おまえたち二人が少しずつ変わっていって、俺は安心したんだよ」

厳信はさばさばした口調で、続けた。

「ここはさ、泥地みたいに嫌なところだけど、でも、希望を捨てないやつらもいる。おまえら二人を見て、それがわかったから……俺は嬉しかったんだ」

「ああ」

「おまえのことを大事にしてたのは、瑛簫だけじゃない。瑞香楼の皆は、おまえを好きだったと思うぜ」

「……そうだと嬉しいが」

瑛簫との関わりで彩夏が知ったのは、他人に対する感謝の念や労《いたわ》り。人の好意を受け容れる素直さというものだった。

今も素直に、そうであれば嬉しいと思える。これは己にとって、大きな変化だった。

「ま、俺は嫌な星回りで、自分の気に入った相手を桃華郷に売り飛ばす運命らしい」

厳信はどこか憂いを滲ませた口調で言う。

「私のように、おまえに救われる者もいる。案じることはない」

「……だな。ありがとよ」

淋しげに微笑し、厳信は「こっちだ」と彩夏を導いた。

「厳信、おまえが独り身なのは惜しいな。おまえならば、相手を幸せにするだろうに」

「言ったろ。女衒に情は禁物だ。そんなものを持っていたら、売り買いする相手を惑わせちまう。女衒に情なんてかけられりゃ、これから地獄に沈む娼妓は浮かばれねえよ」

いつも飄々《ひょうひょう》としている陽気な男の中にも、信義がある。

漸く、厳信という人間が浮かび上がってきたような気がした。

もっと知りたかった。この男のこと。聚星《しゅうせい》のこと。瑛簫のこと——。

今となっては、すべてが遅い。

桃華郷を流れる川に近づくに連れて次第に建物が粗末なものになり、道行く人々の身なりもどことなく垢抜《あかぬ》けない。

このあたりが、いわゆる窯子という、公衆便所同然の扱いを受ける娼妓たちを置く店が多い界隈《かいわい》だ。

窯子の遊妓たちは桃華郷でも嫌われており、湯屋に行っても最後まで待たなくてはいけないと聞く。誰とでも一晩に何度も交わるその肉体が、汚いと思われているからだ。

自分はそんな店で客を取るのだ。

職業に貴賤《きせん》はないと己に言い聞かせても、不安でならなかった。道中は徒歩の旅での辛さに挫《くじ》けかけたが、桃華郷に来れば、もっと辛くなった。

歳は喰っていて可愛げも何もない彩夏が、客に好かれるわけがない。美しさや教養が物を言う閭《りょ》とは違い、窯子では躰がすべてなのだ。その技巧さえも、自信はなかった。

「ここだ」

連れてこられた先は、『太白家《たいはくや》』という古ぼけた店だった。店の壁には小さな覗き穴がいくつも空けられており、そこから男たちは娼妓を品定めする。彼らは土間や、あるいは奥の小部屋で交わるので、連日仲間たちの嬌声《きょうせい》を聞いて過ごすのだとか。

こんなところでやっていけるのか。売りのない彩夏には、借金など、一生かかっても返せないだろう。

無論、自分のように薹が立ったものには、水揚げの儀式もない。今夜から早速、客を取るのだという。

「これがおまえの寝床だよ」

彩夏と面会した女将から渡されたのは、粗末な筵《むしろ》一枚だった。

「ありがとうございます」

彩夏は礼を言うと、丸められた筵を受け取った。

「元気でな」

いやにあっさりと厳信は立ち去ったが、それで構わなかった。

「はい」

自分の荷物は小さな箱にまとめ、部屋の片隅に腰を下ろす。ほかの色子たちの好奇の目が気にかかったものの、自分から打ち解ける気質ではないので、一人、座り込むほかない。ただ、同僚たちと違って自分はずいぶん年増《としま》なのだと実感され、少し情けなさを覚えた。

最後に瑛簫に別れを言えて、よかった。

今はそれをよすがにするしかない。そうでなくては、救われなかった。


——おかしい。

唐突に別れを告げられた衝撃から、瑛簫は彩夏を引き留めることもできなかった。けれども、時間が経てば経つほど、彩夏のことが気にかかって仕方がなくなってきた。

こうした別離は仕事ではつきものだろうが、彩夏相手ではすぐには割り切れない。諦《あきら》めなくてはいけないと知っていても、引き下がりたくない。それに、何かが変な気がするのだ。

階段を駆け下りて、瑛簫は「女将さん、ちょっと出かけます」と声を張り上げた。

そうして目指すは、彩夏の定宿だった。

「すみません」

帳場に声をかけると、耳が遠くなりかけた主人が「はいよ」と顔を出す。

「おや、瑛簫じゃないか」

「こんにちは。今日は彩夏様は？」

「彩夏様はおいでじゃないねえ。まだ暫く先なんじゃないのかね」

ますます、嫌な胸騒ぎがした。

宿も取らず、わざわざ自分に別れを告げに来た彩夏の態度は、やはり意味深すぎる。金がないからここには来ないと言われれば、所詮自分は男妓、仕方ないと時間がかかっても受け容れねばならない。しかし、それ以上に切迫したものを彩夏から感じたため、瑛簫は不安になったのだ。何か別の事情があるのではないか、と。

しかし、考えてもわからず、瑛簫は苛立ちに舌打ちする。

嵐のように心が掻き乱される。こんなふうに自分を惑わせるのは、彩夏だけだ。日ごとにかたちを変える月のように、彼は自分を翻弄してやまない。

彩夏と再び話をしたいが、どこにいるかさえ不明だし、これでは埒《らち》が明かない。

一度瑞香楼へ戻ろうと思って踵を返したそのとき、予期せぬ方角から厳信がやってくるのが見えた。彼が出てきた路地は窯子のあるうらぶれた通りで、そのうえ厳信は浮かない顔つきでがっくりと肩を落としている。それらが、妙に気にかかった。

「厳信殿」

瑛簫が声をかけると、のろのろと面を上げた彼は、驚いた顔になった。

「よ、よう。そろそろ仕事の時間じゃないのかい」

「今日は休むつもりです」

そうでなくては、さまざまなことがひどく気になり、上の空になりそうだった。

「どうしたのですか？　浮かない顔ですよ」

「………」

この妙な態度は、先ほどの彩夏の様子と関係あるのではないか。

「彩夏様のことですか」

問われた厳信は、憂鬱《ゆううつ》そうな顔で「まあな」と曖昧な同意を示した。

「何かあったんですか⁉」

「彩夏は、売られてきたんだ」

「――え？」

事業に失敗したせいで、か？　しかし、生娘ならともかく、彼は年齢的にも桃華郷に売られてくるような対象ではないはずだ。それは、十九の時分の瑛簫が皆に「薹が立っている」と表されたことからも明らかだった。

……なぜ？

不安に顔を曇らせる瑛籥に、厳信が肩を竦めた。そして、顔を俯《うつむ》ける。

「そりゃ、いろんな事情やしがらみがあるんだ」

「あなたが売ったんですか！」

瑛籥は声を荒らげ、思わず男の肩を摑んだ。

「おい、」

「あなたがあの人を売ったんですか！」

「そうだよ！」

顔を跳ね上げた厳信は、真っ直ぐに瑛籥を見返した。

その瞳に宿る光は、思ったよりもずっと力強い。

「それが俺の仕事だ。どんな相手であっても、仕事なら売り飛ばす。間違ってるかもしれないが、俺にはこれしかないんだ」

負けじと声を張り上げる厳信に、瑛籥は目を瞠った。

「あいつを窯子に……太白家に売った。今夜から客を取る」

「どうして！」

「借金の形だとよ。嫌いな男の妾になるくらいなら、男妓になるってことだ」

「………」

ここで厳信を詰《なじ》るのは間違いだと、瑛簫は湧き起こる怒りをぐっと堪えた。

それに彼のこの萎《しお》れた態度を見ていれば、厳信の悲しみもわかる気がした。

誰の心にも葛藤はある。それは厳信のような女衒であっても、同じだ。彼はこの泥沼に人を沈める手引きをすることが仕事なのだ。悩みがないはずもない。

それゆえに、瑛簫は厳信を嫌いにはなれないのだ。

厳信には厳信なりの覚悟と信義があり、そのうえで女衒を続けているからだ。

では、自分は？

彼を批判できるほどに、しっかりと覚悟を決めていただろうか。

この苦界《くがい》に身を沈めることを、どれほどの本気さで考えていただろう？

ただふわふわと甘い時間を愉しむだけで、金で瑛簫を買うほかない彩夏の気持ちを汲《く》んでいただろうか？

だが、そのことを悔いるだけでは仕方がない。今、自分にできることをしなくては。

「それが本当なら、あの人を取り戻したい。買い戻したいんだ」

瑛簫は真剣な面持ちで言った。

そもそも、彩夏のような人間が、窯子などに売られて耐えられるわけがない。

彼が求めるのは快楽ではなく、ぬくもりだということに瑛簫はいつの間にか気づいていた。

満たされぬ心を、他者の体温で埋めようとする。だから、それを快楽に転嫁しようとしても、彩夏を不幸にするだけだ。

「馬鹿、おまえは男妓だ。借金まみれの身の上で、一体何ができる？」

厳信は取り合おうとしなかった。

「やってみなくちゃわかりません」

「彩夏を買い戻して自由にできても、今度はおまえの借金が増えるんだ。おまえが犠牲になれば、彩夏が悲しむ」

「借金くらい、増えてもいい。好きな相手一人救えないことより、惨めなことなんてない！」

いつになく乱暴な瑛簫の言葉に、厳信はふ、と肩の力を抜いた。

「地獄から一人這い上がれば、一人沈む……それでもいいんだな？」

「構いません」

表情を引き締めた瑛簫は、きつく両手を握り締めた。

「助けてください、私を。あなたの力が必要です」

沈黙のあと、厳信が大きく息を吐き、眩しげに瑛簫を見つめた。

「……おまえ、すごくいい男に見えるぜ。とうとう手に入れたんだな」

「ええ。あなたと彩夏様のおかげです」

「なら、責任を取るか。おまえをそんなに情熱的な男に変えちまったからな」

厳信は真面目な顔で言ってのけた。

太白家に立ち込める饐《す》えた臭いは、店が開いて人の入れ替わりがあってもなお、消えることがなかった。それどころか、汗や精液の臭いによけいに酷くなる一方だ。

吐き気がしそうだ。

おまけに土間の隅に腰を下ろした彩夏は、客からまったく見向きされなかった。

それはそうだろう、と思う。

自分が普通の男だったら、彩夏のような面白みのない色子を買ったりしない。

それでも、誰かが自分を買いたいと言ったら、この躰を開かなくてはいけないのだ。

「あんた、新顔かい」

細身の青年に問われて、彩夏は顔を上げる。同じ色子なのか、薄汚れた衫《さん》を身につけた青年が、にこりと笑った。

「そうだ。彩夏という」

「俺は柏雲《はくうん》。よろしくな」

彩夏が強張った顔で頷くと、柏雲は同情の籠もった瞳になった。

「大丈夫だよ。最初は怖いかもしれないけど、直《じき》に慣れる」

「……ありがとう」

思ったよりも素直に礼の言葉が零れた。

それを聞いた柏雲は、「うん」と頷いた。

「わからないことがあったら、聞いてくれよ」

「そうしよう」

彩夏が頷くのを認め、柏雲は己の筵のあるあたりに戻ってしまう。

暫くぼんやりと座っていると、自分の前に長い影が落ちた。

「へえ、新入りか」

不意に濁声《だみごえ》をかけられ、彩夏ははっと視線を上げる。

「綺麗な顔だけど、歳、食ってんなァ。どっかの店から流れてきたのか？」

無精鬚の男はぎょろりとした目をしており、躰からはきつい体臭がした。

「私は……」

「旦那ァ。俺を買ってくれる約束だったじゃないですかぁ」

目ざとく男を見つけた色子がさっと駆け寄り、男の腕にしなだれかかる。彼は「そうだったっけ」と胸元に突っ込んだ手で躰を掻きながら、ちらりと彩夏を見やった。

不潔さに、背筋に汗が滲む。

「こいつと混ぜて三人でするか？」

「俺、こんな年増と一緒はやだよ。二人になりましょうよぉ」

語尾を伸ばして甘ったれる色子に、男はやに下がって息を吐いた。

「しゃあねえな、じゃ、三人ではまたにするか。次は楽しませてくれよ？」

ぽんと肩を叩かれて、男たちが遠ざかっていく。彩夏はほっと息を吐き出したが、次は別の男だった。

「おまえが新入りだって？」

禿頭《とくとう》の男はそう言って、膝を突いて彩夏の顎を摑んだ。

「顔は綺麗だけど、後ろは？　使ったことあんのか？　後ろだけで達《い》けんのか？」

「…………」

いきなりそんな赤裸々《せきらら》な質問をぶつけられるとは思わずに、彩夏は頬を染めた。

「だんまりはないだろ。なに、上品ぶってやがる」

襟首を摑まれ、彩夏は「申し訳ありません」と謝罪を口にする。

「くそ、白けんな……」

どん、と突き飛ばされた彩夏は壁に躰を打ちつけ、ずるずるとその場に座り込んだ。

「おまえでいいや、来いよ」

男は別の色子の腕を摑んで、いきなりその場で衣を脱がせた。

「あぁっ……待って……ね、…あんっ……」

白々しいほどの嬌声を聞きながら、彩夏は自分の両肩を軽く抱き締める。

こんなのは、嫌だ。嫌だけど……どうしようもないのだ。

「彩夏」

ふと女性の声が聞こえてのろのろとそちらを振り返ると、女将が立っていた。

「客だよ」

「客？」

「あんたを買いたいって酔狂《すいきょう》なお客さ。外で待ってるよ」

ばくんと心臓が一際大きく、震えた。

とうとう、躰を売るのだ。

このところ瑛簫以外に触れられていなかったこの身を。

覚悟は決まっていたはずなのに、不安だった。

馬鹿馬鹿しい。自分の操《みさお》に価値などないのに、今更何を後悔しているのか。

「ぐずぐずするんじゃないよ、折角あんたを買ってくれるっていうのに」

「すみません」

俯いた彩夏の足はがくがくと震え、今にも頽《くずお》れてしまいそうだ。それでも一歩一歩踏みしめて裏口から外に出る。

店の裏には木々が生え、物置やら何やらがある。粗末だが背の高い板塀でぐるりと囲われており、その向こうは川になっているらしい。耳に届く水音が、侘《わ》びしい光景を更に物悲しいものに印象づけていた。

よもや、客に外での行為を求められているのだろうか。

そう思うと、羞《は》じらいと怒りに血の気が引く。

できることなら舌を噛んで死んでしまいたいが、卓川には「自害などすれば、借金の帳消しはなしにする」とあらかじめ言われていた。

逃げ場を失って俯いた彩夏の前に、誰かが立つ気配がする。意を決して顔を上げた彩夏の目の前にいたのは、瑛簫だった。

「彩夏！」

切迫したような押し殺した声で、そう呼ばれる。

呼び捨てにされたのは、初めてだった。

立場か変わったからだとしても、その驚きと喜びに、こんなときだというのに胸が震える。

「瑛簫……」

この男が、自分を一晩買うのか。

何の慰めだというのか。それとも、別れを告げたことへの意趣返しか？

どちらにしても、彩夏にとって喜ばしい事態ではなさそうだった。

「何の用だ」

掠れた声で、それだけを放つ。だがそれは無意味な問いだったのか、瑛簫は応《こた》えることもなく、彩夏に向けて一歩踏み出す。

その腕に抱き寄せられて、彩夏は驚きに身を震わせた。

「――私を買うのか」

「はい」

たとえ今夜買ってもらえたとしても、明日からは別の男と寝なくてはいけない。借金を返せるまで、それは延々と続くのだ。

一日だけ猶予を与えられたところで、何の効果もないというのに。

「憐憫《れんびん》ならいらない。おまえも仕事だろう？　もう帰れ」

彩夏は瑛簫の躰を押し戻そうとしたが、その腕の力は強く、瑛簫は自分を抱《だ》き竦《すく》めたまま離そうとしなかった。

「瑛簫！」

「離さない」

「いい加減にしてくれ！」

彩夏は声を荒らげた。

「一晩だけの情けをかけて、どうするつもりだ。私をもっと惨めにさせる気なのか？」

「一晩？」

「明日からは別の男と寝るんだ。一晩だけ好きな相手に抱かれて、何の意味がある……」

俯いた彩夏は、続けた。

「折角、覚悟を決めたんだ。私を惑わせないでくれ」

「違います！」

珍しく声を張り上げた瑛篇は、顔を離して彩夏をじっと見つめた。

「そうだよ、彩夏。瑛篇はあんたを身請けしたいんだとさ」

女将は欠伸《あくび》混じりに言う。

「え……？」

あまりのことに、彩夏は目を瞠った。

身請けというのは、一体どういうことなのか。

そもそも自分が男妓の瑛篇に、そのような金銭的な余裕があるはずがないのだ。

「出世払いだけど、厳信が保証人になるって言うから信用したんだ。どうせあんたはそんなに高い買い物じゃないし、にぎやかしのつもりだったからね。構わないよ、私は」

「女将さん……」

「ここにいても邪魔なだけだよ。――ああ、待っておいで」

女将は店内に入ると、すぐに戻ってきた。彼女は彩夏の私物の入った箱を押しつけると、裏口をぴしゃりと閉ざしたきり姿を見せなかった。

夕闇が濃いものになる中、彩夏は瑛簫に寄り添ったまま動くことができなかった。

「彩夏」

瑛簫の手が、ひどく愛おしげに彩夏の頬を撫でる。まるで、宝物をそうするように。

「……どうして打《ぶ》たないんだ」

殴られるだけのことを、したはずだ。それに相応しく酷いことも言った。

なのに、どうして。

「あなたを叩く理由がない」

「私はおまえを捨てたのに」

「打つために迎えに来たのではありません。抱き締めるために来たんです」

「……っ」

顔を上げた途端に、堰《せき》を切ったように涙が溢れ出す。

透明な熱い雫《しずく》が頬を伝い、ぽたぽたと地面に落ちた。

声が、出ない。ただ涙ばかりが幾筋も零れていく。

胸に顔を埋めて啜り泣く彩夏の背中を優しく撫で、瑛簫は口を開いた。

「彩夏は、私に迎えに来てほしいと思いませんでしたか？」

「お、思わなかった」

「欠片も？」

「まったく」

何も、期待していなかった。

瑛簫には自分抜きで幸せになってほしかった。自分は瑛簫には相応しくないと思っていたからだ。

ふう、と瑛簫がため息をつくのがわかり、彩夏は驚きに顔を上げた。

「期待していいんです」

そう言って、笑いかける瑛簫の表情は溶けそうなほどにやわらかい。

「私だって、あなたを守りたい。その気持ちも、私自身も……信じてもらえないんですか？」

――そうだった。

瑛簫は、あの夜祭りのときも命懸けで自分を守ってくれた。それなのに、彩夏は彼を信じなかった。

自分の尺度で瑛簫を測り、勝手に彼の反応を決めつけていたのだ。

「だって、私など身請けしたら、おまえの借金が増える。おまえがこの郷から出る日が遠のくだけだ……」

「それでもいいんです。あなたが幸せなら。逆にあなたがここで客を取って、心を押し殺して生きることが、あなたの幸せだとは思えません」

「……おまえを不幸にする」

「不幸になんて、なりません。あなたが幸せでいることが、私の幸せです」

自分を見つめる瑛簫の瞳は、揺るぎがない。

この男を、愛しているのだ。

彩夏は改めて、そう思った。

誰よりも、瑛簫が愛しい。自分の心をこんなに熱く燃え立たせるのは、瑛簫以外にいない。

一過性の熱病では、嫌だ。命がある限り、ずっとずっと、彼のそばにいたい。

瑛簫に愛されたい。

「私などの、どこがいいんだ……」

「全部です。あなたの優しいところも、可愛いところ、意地っ張りなところ……真面目で責任感が強くて……それから、」

「……もういい」

遮った彩夏は、耐えられなくなって、自分から瑛簫にしがみついた。

こんなにも瑛簫は熱心に自分を見つめ、そして認めてくれている。そんな相手には、きっと、後にも先にも会えないはずだ。

どんなことをしてもいい。泥の中を這い回ってもいい。瑛簫と離れたくない。

「は…離れるのは嫌だ」

珍しく素直に、真情が音となって溢れ出す。

「彩夏」

「おまえのそばにいたい……おまえと生きていきたい」

それが彩夏の決意だった。

「おまえがいなければ、私は幸せになれない」

もう、迷ったりしない。

自分がこれまで犯してきた過ちのために代償を払わなければいけないのなら、その罪を負うのは彩夏一人でいい。

瑛簫には、一つだって負わせない。

「この願いが叶うなら、娼妓になったっていい。自分一人が逃げるのは嫌だ」

「…………」

瑛簫は彩夏の瞳をじっと見つめる。

「な、何だ。べつに娼妓を馬鹿にしたつもりはない」

「わかっています。あなたの覚悟が、嬉しいんです」

彩夏の頬を両手で包み込み、瑛簫が囁く。

「いずれにしても、今宵があなたの初仕事。一晩くらい、私の好きにさせてください」

瑛簫の冗談にどう答えていいのかわからず、彩夏が黙り込む。

「私は本気です」

「本当に、私でいいのか？」

「あなたでなくてはいけません」

その力強い告白が、彩夏の中にある最後の砦を崩した。

「あなただから、いい。そのままのあなたを私にください」

「……ああ」

頷いた彩夏は、瑛簫の肩先に顔を埋めた。


瑞香楼の客でない以上は瑛簫の部屋に行けないので、彩夏はいつもの宿に一人部屋を取った。どのみち個室だったし、どうせこの時間帯は、宿泊客もそれぞれ出払っている。

案の定、二階は人気《ひとけ》がなく、二人きりでゆっくり過ごせそうだ。

彩夏は瑛簫に牀榻《しょうとう》に腰を下ろすよう促そうと口を開いたものの、それは言葉にならなかった。

「ッ」

瑛簫が彩夏を牀榻に組み敷き、むしゃぶりつくように唇を押しつけてきたからだ。

「えい……」

反射的に首を捻《ねじ》って一旦《いったん》は顔を離したものの、追いかけるような強引さで、唇を塞がれた。

「ん、んむ……んー……っ…」

顔を背けられない。息さえ吸い込むような激しく貪欲《どんよく》なくちづけに、彩夏は怯《おび》えと同時に甘い陶酔を覚えた。

酩酊《めいてい》する。

軽く開いた唇の狭間からねじ込まれた瑛籥の舌は、口腔を執拗に舐《ねぶ》った。粘膜さえこそぎ取る勢いの舌の動きは、彩夏の味を確かめるかのようだった。上顎《じょうがく》、下顎《かがく》、あちこちを探り、彩夏のすべてを呑み込もうとする。自然、彩夏の口からは唾液が溢れそうになったが、それさえ一度舌を引っ込めた瑛籥に改めて啜《すす》られ、呑まれてしまう。

そう……味わわれている。

自分の一部が、少しずつそれでも的確に瑛籥に貪《むさぼ》られているのだ。このまま、余すことなく彼に咀嚼《そしゃく》されてしまうのかもしれない。

漸く顔を離した彩夏は常にない瑛籥の貪婪《どんらん》さに驚愕し、言葉もなかった。

「彩夏？　大丈夫ですか？」

息が、できないかと思った。実際にはちゃんと鼻で呼吸していたけれど、それくらいに瑛籥の接吻は荒々しい。

「え、瑛籥……おまえ、…っ…」

声が乱れて、自分でも恥ずかしくなるくらいに余裕がなかった。

「あなたを私が買ったんです。好きにさせてください」

「瑛籥様と……呼んで、ほしいか……？」

「いえ、そこまでは。私に委ねてほしいだけです」

のしかかってきた瑛籥は、いつになく性急だった。

「瑛籥！」

彩夏の衣を脱がせるわずかな時間すら惜しいというように、彼は音を立ててあちこちにくちづけた。彩夏のなめらかな膚は長旅で微かに日焼けしていたが、それでも痕がくっきりと残る。卓川に殴られた痣は漸く消えたところで、瑛籥に知られなくてよかったとほっとする。

これは、今まで閨で重ねてきた行為とはまるで違うものなのだ。

今、初めて彼と触れ合うような気がした。

「瑛籥、瑛籥…っ…」

くつろげられた衣が躰の下で段差になり、痛いくらいなのに、どけてほしいと言いだせない。続けざまに与えられる刺激を追うことに夢中になり、そんな些事《さじ》はどうでもよくなってしまったせいだ。

「んっ…あ、っ……だめ」

乳首を嚙まれて彩夏は悲鳴を上げた。これまでも激しくされたことはあるが、それすらもようだった。

慎み深かったらしい。今宵の瑛簫は彩夏の肉体を本当に舐め溶かし、嚙み砕こうとしている

「だめですか？　本当に？」

問う瑛簫にもう一方の乳首も捏《こ》ねられて、その刺激が直に性感を昂らせる。

自分の性器が下着を押し上げるのを感じ、彩夏は頰を染めた。早く脱がせてほしい、窮《きゅう》屈《くつ》でたまらない、だけど、見られたくない……。

羞恥《しゅうち》から、じわっと頭の奥が痺れた。

見られるのが恥ずかしい。――でも、見せてしまいたい。自分のはしたないところ、浅ましいところ、みっともないところ……全部。

「あなたを全部知りたい。あなたに触れるのに、あれでもいつも遠慮していたんです。今夜は、本当のあなたに触れたい」

「……瑛簫……」

照れることも忘れるほど、熱い告白だった。

もうお互いに堪えなくてもいい。

「瑛簫……脱がせて……」

彩夏は横たわったままおずおずと膝を立て、瑛簫に続きを促した。

「はい」

首肯した瑛簫が彩夏の下着を外すと、既に兆した部分が露になる。彩夏は唇を噛んだが、それでも、瑛簫から目を逸らさなかった。

「可愛い、彩夏。頬が真っ赤だ」

「恥ずかしい」

見下ろした彩夏の頬に触れて、瑛簫が「熱い」と呟く。

「だけど、おまえに……見てほしい……」

彩夏は掠れた声で、欲望を吐き出した。

「これが私だ。みっともないくらい必死に、おまえを欲しがってる」

彩夏は羞じらいから緩みそうになる膝を再び立て、腰を浮かせて自分の蕾《つぼみ》を示した。両手で拡げたところで見えないのはわかっていたが、教えたかった。

これが彩夏のすべてだと。

「みっともなくない。あなたはいつも、綺麗です」

うねる髪を一房手に取り、瑛簫はそれにくちづける。それだけで心臓が震え、彩夏はぼうっとした目で瑛簫を見やった。

「ここまでさせたんだ。少しくらい、私の好きにさせろ」

「え？」

瑛簫が獣のように自分の欲望に忠実になっているのなら、彩夏だってそうしたかった。

手を伸ばした彩夏は、膝立ちになった瑛簫の局所に触れ、布地をくつろげる。

「彩夏」

驚きに声を上擦《うわず》らせる瑛簫を気にせずに、褥に這った彩夏は彼の下腹部に顔を埋めた。

「……あふ……ッ……」

久しぶりに口にする瑛簫のそれは大きく、既に兆していた。こんなに自分を待ち望んでくれていたのかと思うと嬉しくて、音を立てて熱烈なくちづけを浴びせてしまう。

以前はなんとも思わなかった行為が、今は嬉しくてならなかった。瑛簫を味わえる喜びに酔《よ》い痴《し》れ、彩夏はすぐに夢中になった。

「だめです……それは……」

呻くような瑛簫が可愛くて、彩夏はなおも熱心に顔を動かしてそれを舐《ねぶ》った。

おまけに男のものが口腔を刺激し、彩夏自身の性感をも痛いくらいに煽り立てる。

これだけでは、足りない。自分だって瑛簫を貪りたい。唇で、舌で、指で、喉で、ありとあらゆる場所で。

「んむ……っ……」

「彩夏」

熱いものが口のあたりで弾《はじ》け、顔に飛び散った液体を彩夏は指で拭《ぬぐ》った。

「……美味《おい》しい……」

手についた先走りを丹念に舐め取った彩夏は、陶然と呟く。

「もう……あなたは……」

呻くように言った瑛籬は彩夏を組み敷くと、頬を赤らめて告げた。

「私もしていいですか」

「だめだ」

「どうして……」

「早く、挿れて」

欲望に掠れたか細い声で、彩夏はねだる。躰中が汗ばみ、蒸れたように濡れている。手を伸ばして瑛籬の頬に触れると、彼の膚もしっとりと濡れていた。

「では、先に拡げて構いませんか？」

「ん……」

彩夏は頷き、躰を反転させてその場に膝を突く。自分の肩と顔で躰を支え、両手でもう一度窄みを拡げた。

「あっ」

指が来ると、思ったのに。

意に反して瑛籬はそこに舌を這わせ、力強く解していく。

幾度されても慣れない行為に、彩夏の躰に自然と力が入ってしまう。

「力、入りすぎてますよ」

「わかってる……」

瑛簫が自分に触れているのが、信じられないくらいに嬉しかった。瑛簫や聚星《しゅうせい》だけでなく、何人もの男とこんなことはしてきた。なのに、一刻も早く灼熱《しゃくねつ》が欲しくて、そこがひくついている。

欲しくて、欲しくて、本能に理性がついていかない。どうすればいいのかわからなくて、頭が沸騰しそうだ。

「瑛簫、早く……もう……」

「…………」

瑛簫は無言で彩夏の指を外すと、そこに雄蕊《ゆうずい》を押し当てる。熱いものが狭間を割り拡げ、あまりの熱に額に汗が滲んだ。

「えい……」

声が出ない。

ぐうっと男のものが、襞《ひだ》の一枚一枚を広げ、開くように入り込む。

苦しい。腹がずんと重くなったようだ。

穿《うが》たれた部分に神経が集中し、その感覚が一層研ぎ澄まされる。

入る、入って……奥まで、瑛簫が……来る。

「ふ…うう…、はあっ…」

呼吸が整うまでに暫しの時間を要したが、瑛簫は待ってはくれなかった。

不自然な行為に心臓が早鐘のように脈打ち、息が乱れる。

そのくせ、躰はすぐに馴染んでしまい、気づくと息が合っている。太く逞《たくま》しいものが体内に送り込む律動に、彩夏は存分に乱れた。

気持ちいい。どうしようもなく、いい……。

「……あ、ぁ、あっ……あー……」

「彩夏」

宥《なだ》めるためか、それとも呼びたくて口にするのか。

涙でぼやけた己の視界に、瑛簫の姿がある。

「よくない？」

彩夏を力強く抱き締めながらもどこか縋るような口調が、愛おしかった。

愛している。

この男が、愛しくて、愛しくてたまらない。

「いい……」

「私もです」

声を弾ませつつ、瑛簫がそう伝えてくる。

「すごく、いい……あなたは……」

躰が、熱い。触れられてるところから痺《しび》れて、穿たれたところが熱くて、変になる。

「……いい、……そこ……っ……」

悲鳴のように喘いでいると、躰の深奥《しんおう》に熱がどっと溢れた。

「あ……」

それだけでは媾合《こうごう》は終わらなかった。

大胆にも瑛簫はそれを引き抜き、今度は自分の衣服をばさりと脱ぎ捨てた。それから瑛簫は彩夏を膝に乗せて再び貫き、前後に大きく揺さぶってくる。

「あ、あっ、瑛簫、……瑛簫……っ……」

「これはどうですか？」

問うた瑛簫もまるで余裕がなく、ぶつけるように彩夏の唇を求めてきた。

「ん、…これもいい……いっ……」

瑛簫の首にしがみつき、彩夏は黒髪を振り乱して彼の躰に爪を立てる。腰に脚を絡め、いつの間にか自ら躰を揺すっていた。

忘我と法悦の境地に二人で足を踏み入れ、ただお互いの存在を喰《く》らい、貪る。

もう離れたくない、ずっとこのままでいたい。

彩夏の気持ちが言葉にせずとも伝わるのか、くちづけているうちに瑛簫が微笑んだ気がした。

「……っ」

彩夏の腰をしっかりと両手で摑み、持ち上げた瑛簫が、最奥を目指してそれを叩き込む。その激しさに一瞬、意識が途切れかけた。

これが、瑛簫の隠していた情熱。

あまりに純度の高いそれに惑い、彩夏は甘い声を上げ続けた。


「故郷に、帰りますか？」

牀榻はぐちゃぐちゃで、乱れきっている。そろそろ店じまいの時間か、妓楼の外で聞こえていたにぎやかな音楽は止んでいた。

「帰らない」

彩夏はそう言って、瑛簫の汗ばんだ膚に顔を寄せる。

「でも……」

「さっきも言ったはずだ。おまえのそばにいたいと」

瑛簫の言い分は予想がついたので、彩夏は彼の瞳を見つめて微笑した。

「窯子がだめなら、どこかの妓楼で下働きをさせてもらう」

無言になった瑛籥は、何かを考えているかのようだ。

「もう、私には帰るところはないんだ」

それが現実だから、嘆いたりしても仕方がない。

「わかりました」

瑛籥は頷き、彩夏の髪を撫でる。

「では一緒に生きていきましょう。ここで」

二人分の借金を返さない限り、瑛籥は客を取らなくてはいけない。だが、それが彼の生き方だというのなら、止めることはできないのだ。

「はい」

「私は……おまえが、客を取るのは嫌だ。それがおまえの仕事だとわかっていても、絶対に嫉妬してしまう。おまえのそばにいるのが、辛くなる」

思いが通じ合った今、仕事とはいえ、瑛籥が夜な夜な別の相手を抱くことを是とはできそうにない。

「ですが、これも私の仕事です」

「…………」

唇を噛み締める彩夏の額に、瑛籥が優しくくちづける。そして、解れた髪をそっと掻き分けて、彩夏の素顔をじっと見つめた。

「少しだけ待ってください。私にできることをします」

「どんな？」

「男妓をやめて下働きをさせてもらえないか、女将さんに相談してみます」

「……ああ」

虫の良すぎる願いだとわかっていたが、その願いが叶うことを望むほかない。

年下だというのに、悔しいくらいに頼りがいがある瑛簫が、愛しくてたまらなかった。

# 10

「彩夏《さいか》、計算は終わったかい？」

「はい、ただいま」

女将の声に帳場にいた彩夏が答えると、彼女は「お客だよ」と言った。

「客？　私に？」

「そうだ」

訝しげな面持ちをした彩夏が瑞香楼《ずいこうろう》の裏口へ回ると、旅装束の厳信《げんしん》が「よ」と声をかけてくる。

「厳信！」

季節は、初夏。

厳信の髪や肩には藤の花びらが落ちており、それがなんとも微笑ましい。

「久しぶりだな、彩夏。半年ぶりだ」

「元気だったか？」

「ああ、このとおり」

厳信がぽんと自分の胸のあたりを拳で叩くと、ばふっと埃が上がって、はらはらと藤の花びらが床に舞い落ちる。

「おまえ、ここで番頭をやってるんだって？」

「番頭の代わりだ。瑛簫《えいしょう》にもいろいろ教えて、手伝わせている」

「そっか」

はじめは下働きとして雇われた彩夏だったが、番頭が体調を崩したのをきっかけに帳面やら何やらを見てやるようになり、女将の信頼を得た。瑞香楼のほかに牡丹楼も経営する女将は、どちらも彩夏にやらせたがったが、二軒の経営を見るのはいささか困難だ。それで、瑛簫に男妓の傍ら手伝わせることにしたのだ。

案の定、瑛簫は覚えがよく、商売についてもすらすらと呑み込んだ。女将はあまりのことに、男妓ではなくこのまま下働きにしようかと考えているらしい。

実際、少々評判になったところで、やはり瑛簫のような男を抱く男妓というのは需要がさほどでもなく、お茶を挽いていることが多かったからだ。

「わざわざ顔を見に来てくれたなら、あとで食事でも……」

「いや、これを渡しにきたんだ」

懐を探った厳信が差し出したのは、手紙と小さな布袋だった。

「阿礼《あれい》に行ってさ」

また阿礼に行ったのか、そう思ったが、その言葉を呑み込む。

この人の好い女衒が何のために阿礼に行ったのか、彩夏にはわかるような気がしたからだ。おそらく、自分を案じる孝陽《こうよう》のために、近況を伝えに行ってくれたのだろう。

「受け取れよ」

「あ、ああ」

受け取った袋は意外なほどに重く、彩夏は細い眉を顰める。

「預かったんだよ」

彩夏が慌てて中を確かめると、信じられないことに中身は金だった。

こんなにたくさん、どうやって集めたのか。

「……また借金をしたのだろうか」

暗い顔になった彩夏に、厳信は噴き出した。

「おまえの兄貴は、そこまで馬鹿じゃないよ」

厳信は声を立てて笑った。

「今までの信頼で、ちゃんと店を建て直したんだ。店もすっかり元どおりだ。卓川はくやしがってるが、借金は帳消しって約束だったからな」

「そうか……」

「できればこの金で、桃華郷で店を始めてほしいってことだったな。そのための資金にしてほしいって。詳しくは文に書いたらしいぞ」

心臓が、ずきんと震える。

考えてもみなかった提案だった。

このまま貧しくも寄り添うように生きていくのだろう、そう考えていたからだ。

「ちょうど、あの宿屋の近くにいい店があるんだよな。小間物屋だったんだが、ばあさんが引退して空いてるんだ」

信じ難いことに、すぐには言葉が出なかった。

「――それは厳信、そなたの案なのか？」

「うーん……まあ、いろいろだ。びっくりしたか？」

「ああ、とても驚いた」

「お節介、したか？」

「いいや。ありがとう、厳信」

彩夏がにこやかに笑うと、厳信が眩しげに何度か瞬《まばた》きをする。

遊妓の意気を知った以上は、妓楼の使用人として身売りの手伝いをすることに、彩夏も瑛簫も後悔はない。しかし、もっと別の方法で彼らが自由になる手助けをしたいと思っていた。

「義兄に借りたこの金を、何倍にもして返す」

ぎゅっと握りこぶしを作った彩夏に、巌信は目を見開く。

「頼もしいなあ、見かけによらず」

「当たり前だ。きちんと稼いで、瑛簫を身請けしなくてはならぬからな」

「なるほど。……まったく、似合いだな、おまえらは」

巌信は笑みを浮かべ、何度も何度も頷いた。

◇◇◇

「彩夏、彩夏や」

店先から誰かの明るい声が聞こえ、奥で帳簿をつけていた彩夏は「はい、ただいま」と応える。

「私が出ようか」

瑛簫が言ってくれたのだが、彼はひとりで買いつけに出かけたところで、午前中に戻ったばかりだ。まだ休んでいてほしかった。

「構わないから、寝ていろ」

「わかりました」

頷く瑛簫はすっかり日に焼け、漸く髪も結えずとも結べるほどに伸び、どこからどう見ても男妓ではなく立派な若者だ。丁重な言葉遣いは抜けないが、そこがまた彼らしい。

あれからすぐに、彩夏は厳信の薦めどおりにこの郷で小間物屋を始めた。

当初は一人で切り盛りしていたのだが、店はあっという間に繁盛し、一人では立ちゆかなくなった。それで、瑞香楼の女将に交渉して瑛簫を身請けさせてもらい、借金をすべて清算し、彼と二人でこうして店をやることになったのだ。

そして、瞬く間に二年という月日が経った。

「いらっしゃいませ」

言いながら彩夏が店に出ていくと、布地を眺めていたのは二人の童子だった。

「四海《しかい》様、四天《してん》様！」

桃華郷の名物ともいえる双子の仙人の姿に、彩夏は目を丸くした。

じつは彩夏には四海と四天の区別はつかないのだが、瑛簫にはわかっているらしい。やはり彼の心はそれだけ美しく、見抜く目を持ってるのかもしれない。

たとえ桃華郷にどれほど長くいたとしても、瑛簫の本質は変わらないだろう。

そう、素直に信じられた。

驚いた彩夏の声に、瑛簫が急いで奥から出てくる。彼は、「お世話になっております」とぺこりと頭を下げた。

「お二人とも、今日はいかがなさいましたか？」

夏物の涼しげな紗《しゃ》の衫《さん》を身につけた四海と四天は、汗一つ掻いていない。

彩夏の経営する小間物屋は手狭《てぜま》だが、彩夏と瑛籥が各地で見つけてきた品物が置かれ、ときには衣の注文も請け負う。

二人が選ぶ装身具の類《たぐい》は美しく珍しいものが多く、ここの品を身につけると客が増えると評判だった。二人が旅から戻って買いつけた品物が並ぶ日には、店の前には娼妓の行列ができるほどだ。

「今度、新しく水揚げする男妓がいてのう。衣と装身具を見立ててほしいのじゃ」

「かしこまりました。では、後ほど布を持ってお伺いします」

この店では布を仕入れ、仕立ては近隣の邑《むら》の女たちに頼んでいる。一つ一つの邑を回り、腕のいい者がいないかを捜した結果だった。

頷く彩夏に、四海たちは少し不満そうな顔になった。

「——どうなさいましたか？」

「いや、なに、そなたたちに関してはわしらの出る幕がなかったと思ってのぅ」

彼らの言葉に、彩夏はくすりと笑う。

四海と四天は不遇な娼妓たちが幸福になるよう、何かと手出しをしたがるという話は聞いたことがある。それができなかったのが、口惜しいらしかった。

「この桃華郷で、愛する者に巡り会えました。それもこの郷のあるおかげ……つまり、お二人のおかげです」

「上手いこと言うようになったが、わしはつまらんぞ、四海」

「そうじゃそうじゃ。まったく厳信と来たらよけいなことを。のう、四天」

しみじみと悔しげに言う四海に、四天が「うむうむ」と頷いた。

その子供っぽい顔がおかしく、彩夏はくすりと笑う。

「そのほうがいいではありませんか。お手を煩《わずら》わせなくて」

彩夏はそう言ったものの、彼らはまるで納得していないようだった。

「わしらは人が好きなのじゃ。手を貸したいと思うのは、至極当然のこと」

「では、なぜ桃華郷を作ったのですか？」

彩夏の問いは、当たり前のものだった。

人は誰もが疑問に思う。神仙がなぜ、人心を堕落させかねない遊廓を作ったのだろうかと。

「わしらが作ったわけではないが、人の世の苦しみと幸福は常に隣り合わせ。桃華山《とうかざん》を目指す者に、それを見せるのが目的なのじゃ」

わかったようなわからないようなことを言い、四海は「ともかく、あとで来ておくれ」と告げる。

「はい」

「それから瑛簫」

暫く黙って布を眺めていた瑛簫は、急に四海たちに名を呼ばれてはっとした顔になる。

「あ、何でございましょう？」

「そなた、彩夏には一番綺麗な生地を取っておきたいと思っているのではないか？」

「それで衣を仕立ててやる気か？」

「えっ……」

ぱあっと瑛簫の頬が赤く染まる。

「そ、そんなことはありません」

「……なんだ、私の装いには興味がないのか？」

「いえ、私は衣を見立てるのは、まだ自信が……」

しどろもどろになって答える瑛簫はうなじまで赤く、彼の反応にからかうつもりで聞いた彩夏もまた照れてしまう。

「二人とも真っ赤だぞ。似合いだのぅ、つくづく」

「姉さん女房に臀に敷かれるというのもよいではないか、瑛簫」

相次いで四海と四天に指摘され、彩夏と瑛簫は俯いた。

自分たちが夫婦のように仲睦《なかむつ》まじく暮らしていることを郷の皆が知っていてもなお、それをからかわれるのは恥ずかしかった。

「だが、惚気《のろけ》も大概にせよ。見ていてこちらが当てられそうだ」

「申し訳ありません」

小さくなる二人を見て笑い声を立てた四海たちが、「ではな」と店をあとにする。

店に取り残された彩夏は気を取り直し、東昇閭《とうしょうりょ》に行くための荷物を作り始めた。

そんな彩夏に、背後から瑛簫が声をかけてきた。

「――彩夏」

「何だ」

彩夏が振り返ると、瑛簫が「これを」と右手を差し出す。その手に握られていたのは、見慣れない鼈甲《べっこう》の釵《かんざし》だった。

「どうした？」

「髪飾りです。私が初めて見立てたもので……注文して作ってもらいました。衣はまだ見る目に自信がないので」

珍しく口ごもる瑛簫に、彩夏は微笑みを浮かべてそれを受け取った。

「椿《つばき》か、美しいな」

紅玉で椿が象《かたど》られた釵は艶《あで》やかで、葉脈さえ透けて見えそうな精緻《せいち》さだ。

「魔除けか？」

「それもありますが、虫除けです。あなたはとても、美しいので」

男らしくも華やいだ顔立ちの瑛篇に真顔でそう言われると、彩夏とて照れてしまう。

「虫とは……おまえも言うようになったな」

「本当のことですよ。あなた目当てでこの店に通う遊妓の多いこと」

「おまえ目当ての者だって多いじゃないか」

いつだって瑛篇は、自分が見惚れてしまいそうなくらいに精悍で男前なのに。

真剣に言い合いそうになったが、そこで彩夏は肩を竦め、微笑とともに瑛篇の頬に触れる。

こんなふうに、互いの心と心をぶつけ合えることが、とても楽しい。

「ありがとう」

彩夏はそう告げると彼に顔を近づけ、唇を重ねる。

啄《ついば》むような接吻だったが、そのくらいに留めておかなくては、東昇閣へ行けなくなりかねないからだ。

「いつか、一緒に阿礼に行かないか。おまえに故郷を見せたいいんだ」

「はい」

「それに、義兄に会ってほしい」

今ならば、胸を張って義兄に会える。彼に、自分の最も愛する男を紹介したかった。

「光栄です」

微笑む瑛簫が、今度は身を屈めて彼から接吻をしてくる。

「瑛簫……」

折角軽く済ませようとしたのに、そんなに強くくちづけられたら、すぐにでも瑛簫が欲しくなってしまう。だけど、止められないのは、彼を心から愛しているせいだ。

もう自分の思いの行き先に、惑うことはない。

夜のあいだだけ素直になれる、宵月として生きずともよい。

昼であろうと夜であろうと、彩夏が望むだけ瑛簫が傍らにいてくれるからだ。

自分の得た幸福を確めるように、彩夏は愛しい瑛簫を両手でしっかりと抱き締めた。

# あとがき

こんにちは、和泉です。

このたびは『宵月の惑い』を手に取ってくださって、ありがとうございます。

本作は『桃華異聞《とうかいぶん》』シリーズ第三弾となりますが、このシリーズは基本的に一話完結なので、どこから読んでいただいても大丈夫になっています。

今回の主役は、一作目『宵待の戯れ』の脇役でそちらでSSも書かせていただいた彩夏《さいか》です。私自身思いがけず彼のキャラクターが気に入ってしまったのと、たくさんリクエストをいただいたこともあり、この話が誕生しました。リクエスト、ありがとうございました！

一作目から少し時間を経て、改めて彩夏というキャラを掘り下げているうちに、新たな発見や解釈の変化などあったので、ゼロからスタートする気持ちで執筆させていただきました。

滅多に書かない年下攻という珍しいものになったのも、そのためだと思います。また、瑛《えい》簫《しょう》の初期の外見は、自分的には大冒険でした。「佐々先生の描かれる美僧を見たい！」という欲望から彼が産まれたといっても、過言ではありません。念願が叶って大変幸せです。

あとは今作を皆様に楽しんでいただけたかが気がかりで、とても緊張しておりますが、いかがでしたか？

このシリーズは中華風無国籍ファンタジーなので、用語や遊廓の仕組みなど、マイ設定が多く含まれており、回を重ねるごとにその度合いが強くなっています。たとえばこの世界では神子《みこ》も僧侶も何でもありなのですが、それは萌え最優先と開き直った結果で、すべてをかなり自由にやらせていただき、毎回わくわくしながら書いています。

新書のリンクスロマンスで展開している『神獣異聞《しんじゅういぶん》』シリーズも陽都を舞台にした同一の世界観で書かせていただいており、中でも厳信《げんしん》は二つのシリーズを結ぶ大事なキャラクターです。まさかこんなに重要になるとは我ながら驚いています。本作に続いて神獣異聞も『神子を娶《めと》る蛇』が近日刊行予定なので、チェックしていただけると嬉しいです。

最後にお世話になった皆様に御礼の言葉を。

今回も絢爛《けんらん》たる挿絵を描いてくださった、佐々成美様。一作目では顔が見えなかったので、彩夏はどんな顔なのかとずっと楽しみにしていました。今作でも人物のみならず衣装や小物など細部にまで凝っていただき、イラストを手にするたびに見惚れてしまいました。また、彩夏の麗しさもさることながら、瑛簫の美僧っぷりも素晴らしかったです。本当にどうもありがとうございました！　次回もどうかよろしくお願いいたします。

担当のO様。毎度のことながら、最後の最後まで大変ご迷惑をおかけして申し訳ありませんでした。次回こそ、少しでも優等生に近づきたいです……。

また、この本の制作に携わってくださった関係者の皆様にも、御礼申し上げます。

最後に、ここまで読んでくださった読者の皆様に、最大限の感謝の気持ちを捧げます。

有り難いことに、このシリーズは次作も出していただけることになっております。リクエストやご意見ご感想など、お聞かせいただけますと幸いです。

それでは、また次の作品でお目にかかれますように。

和泉　桂

【主要参考文献】※順不同
「中国飲食文化」　王仁湘・著　鈴木博・訳（青土社）
「中国遊里空間　明清秦淮妓女の世界」　大木康・著（青土社）
「中国服装史」　華梅・著　施潔民・訳（白帝社）

✦初出　宵月の惑い……………書き下ろし

和泉桂先生、佐々成美先生へのお便り、本作品に関するご意見、ご感想などは
〒151-0051 東京都渋谷区千駄ヶ谷4-9-7
幻冬舎コミックス　ルチル文庫「宵月の惑い ～桃華異聞～」係まで。

幻冬舎ルチル文庫

宵月の惑い ～桃華異聞～

2009年7月20日　第1刷発行

✦著者　和泉　桂　いずみ かつら

✦発行人　伊藤嘉彦

✦発行元　株式会社 幻冬舎コミックス
〒151-0051 東京都渋谷区千駄ヶ谷4-9-7
電話 03(5411)6432[編集]

✦発売元　株式会社 幻冬舎
〒151-0051 東京都渋谷区千駄ヶ谷4-9-7
電話 03(5411)6222[営業]
振替 00120-8-767643

✦印刷・製本所　中央精版印刷株式会社

✦検印廃止


ISBN978-4-344-81684-8　C0193　Printed in Japan